Edeltraud Pyringer

Edeltraud Pyringer wurde 1944 in Wien unter dem
Sternzeichen des Schützen geboren
und hat drei erwachsene Kinder.

Sie arbeitete vor ihrer Pensionierung als Bankangestellte.
In ihrem Ruhestand widmet sie sich nun
ihrem kreativen Schaffen.
Ihr Herz schlägt für das Schreiben von Geschichten.
Nebenbei malt sie auch sehr gerne
und bindet die Bilder in ihre Geschichten ein.
Seit vielen Jahren beschäftigt sie sich auch mit Energetik.

www.märchenoase.jimdo.de

Edeltraud Pyringer

Balsam für die Seele

Autor: Edeltraud Pyringer
Umschlaggestaltung, Illustration: Edeltraud Pyringer

Verlag & Druck: BoD - Books on Demand, Norderstedt
ISBN: 978-3-75260-994-3 (Paperback)

Bibliografische Information der Deutschen Nationalbibliothek:
Die Deutsche Nationalbibliothek verzeichnet diese Publikation
in der Deutschen Nationalbibliografie; detaillierte
bibliografische Daten sind im Internet über http://dnb.dnb.de
abrufbar

Inhaltsverzeichnis

Märchenwelt

Die Märchenwelt ist einfach etwas sehr befreiendes. Man kann sich ausdehnen und der Fantasie freien Lauf lassen. Alles ist möglich, nichts ist verboten. Ist das nicht herrlich?

Nun sitze ich hier in der stillen Natur. Nur das Singen der Vögel ist zu hören. Ab und zu eine zarte Priese des lauen Windes. Man lauscht der Stille. Doch nun schweifen wir aus, in eine andere Welt, die Märchenwelt.

Der kleine Kobold Spindle

Der kleine Kobold Spindle

Es war einmal ein Kobold, der viel inneres Wissen in sich vergraben hatte und nicht damit herausrücken wollte oder konnte. Wie auch immer. Er hatte derzeit ohnehin keine Lust, seine vergrabenen Ideen hervorzuholen.

Lieber spazierte er durch den Wald, setzte sich auf einen Baumstumpf und ließ sich die Sonne ins Gesicht scheinen. An manchen Tagen saß er stundenlang so da. Manchmal nickte er auch ein, im warmen Sonnenlicht, wie gerade eben.

Als er nun erwachte, war es schon dämmrig und erstaunt sagte er zu sich: „Na so was, das war jetzt aber ein angenehmes Nickerchen. Ich dürfte wohl eingeschlafen sein."

Da er sich mit seinen Freunden treffen wollte, erhob er sich rasch von seinem erholsamen Ort, um sie zu besuchen, und mit ihnen zu scherzen, denn dafür war er immer zu haben.

Auf einer großen Lichtung waren schon all seine Freunde des Waldes versammelt, um sich vor der Nachtruhe noch schnell satt zu fressen. Als sie ihn erblickten, riefen sie: „Ja wo bist denn du so lange geblieben? Wir waren schon in Erwartung, ob du uns vielleicht heute eine Geschichte erzählst. Das hast du seit Langem nicht mehr getan."

Hase Humpelbein meinte teils enttäuscht, teils traurig: „Warum erzählst du uns keine Geschichten mehr? Früher hast du uns immer aus deinem Buch die neuesten Storys vorgelesen! Was ist bloß los mit dir? Bambi, das Eichhörnchen, die kleine Maus

Micky, ich, und viele andere Freunde vermissen diese entspannenden Stunden sehr. Wir sind alle traurig!"

Da wurde der Kobold ein wenig nachdenklich und meinte: „Ach, ich weiß auch nicht, momentan fällt mir nichts ein und wenn ich ehrlich bin, es freut mich eigentlich gar nicht so richtig irgendetwas zu schreiben. Ich habe derzeit ohnedies keine Inspirationen. Lieber durchstreife ich den Wald und beobachte, was sich so ringsherum ereignet."

„Da muss ich aber laut lachen", ertönte eine schallend laute Stimme aus dem Hintergrund. Es war der Drache Funkelschweif, der in den Bergen lebt und den ganzen Wald beherrscht. Ihm entgeht wirklich gar nichts und so meinte er: „Du bist mir aber noch nicht aufgefallen beim Durchstreifen des Waldes. Du schläfst ja am helllichten Tag inmitten der Waldung. Ich habe dich vorhin beobachtet."

„Da musst du dich aber sehr täuschen. Ich hielt nur die Augen geschlossen, der Sonne wegen die mich so stark blendete", verteidigte sich der Kobold Spindle.

„Mache doch keine Witze", erwiderte der Drache bestimmt. Mit diesen Worten machte er alle anderen Waldbewohner auf sich aufmerksam.

Diese horchten nun auf und meinten: „Ja, du bist schon etwas nachlässig geworden, da hat unser Drache Funkelschweif nicht so ganz unrecht."

"Na gut, da habt ihr vielleicht recht. Aber was soll ich denn tun, wenn mir nichts einfällt." Der Kobold war mit sich und der Situation sehr unzufrieden.

Plötzlich meldete sich eine ganz zarte Stimme. Es war die Elfe, die sagte: „Wie wäre es für dich, wenn du dich auf den Weg machst, um den Stein der

Weisen zu suchen? Wenn du das tatsächlich tust und ihn findest, wird er dich sicher dabei unterstützen, deine verborgenen Ideen für neue spannende Geschichten hervorzuholen und umzusetzen. Davon bin ich überzeugt."

„Meinst du wirklich"? kam eine etwas zweifelnde Antwort.

„Wenn du auf mich hörst, wirst du es sicher nicht bereuen, glaube mir", erwiderte die Elfe mit sanfter Stimme.

Doch Spindle ist nicht zufällig ein gewitziger Kobold, denn er fasste einen Plan und versicherte der Elfe: „Ich werde mich darum kümmern, aber auf meine Weise."

„Na schön, wie du glaubst. Ich meine es nur gut mit dir", erwiderte die Elfe.

Nun verabschiedete er sich in der Runde und zog sich zurück in den Wald, um über dieses Ereignis nachzudenken.

Somit kam er auf eine Idee. Es gibt doch die berühmten Heinzelmännchen. Die werde ich ersuchen mir behilflich zu sein, bei der Suche nach dem Stein der Weisen. Ha, bin ich schlau, klopfte er sich auf die Schulter. Ich werde doch nicht so dumm sein und mich damit alleine abplagen und womöglich rund um die Welt reisen. Na ganz sicher nicht. Eher mache ich mich auf den Weg, die Heinzelmännchen zu suchen, die sind sicher schneller zu finden. Gedacht getan.

Der Abend war nun schon angebrochen und ganz rasch wurde es dunkel. Die Eulen saßen auf den hohen Bäumen und leuchteten mit ihren schönen großen Augen.

„He ihr Lieben wollt ihr mir helfen? Ich bin auf der Suche nach den Heinzelmännchen. Könnt ihr mir verraten, wo sie sich derzeit aufhalten? Das wäre nett von euch!"

„Uhu, uhu, uhu. Sie haben heute eine Hauptversammlung beim Moor, wo die vielen Irrlichter flackern. Um Vorsicht wird gebeten, falls du dich dort hinbegeben willst. Es geht mich zwar nichts an, aber was willst du denn von ihnen? Uhu, uhu, uhu."

„Ich hätte einen großen Auftrag für sie und hoffe, dass sie mich dabei unterstützen, weißt du", antwortete der Kobold freimütig.

„Uhu, uhu, ich glaube schon. Dafür haben wir sie doch, denke ich", erwiderte die Eule.

„Ich danke dir vielmals", war Spindle hoch erfreut und machte sich auf den Weg zum Moor. Voll Euphorie marschierte er durch den Wald und sah auch schon in naher Ferne die Irrlichter leuchten. Gleich habe ich es geschafft, gingen die Gedanken durch seinen Kopf.

Kaum angekommen wurde er gleich freundlich begrüßt.

„Hallo Spindle kommst du uns besuchen? Welche Freude, dich wieder einmal zu sehen", riefen die Heinzelmännchen alle durcheinander. „Eben haben wir unsere Hauptversammlung beendet und wollten uns auf den Heimweg begeben. Wie geht es dir? Willst du uns ein bisschen Gesellschaft leisten? Es würde uns freuen."

„Ach ihr Lieben mit so einem freundlichen Empfang hätte ich jetzt nicht gerechnet, aber umso besser, lachte der Kobold. Mir geht's den Umständen entsprechend ganz gut. Um ehrlich zu sein, habe ich euch besucht, weil ich ein großes Anliegen hätte. Es ist mir fast peinlich es auszusprechen, aber ich muss euch fragen. Wen den sonst als euch?"

„Worum geht`s denn? So schlimm kann es doch nicht sein. Wir stehen dir gerne mit Rat und Tat zur Seite."

„Für mich alleine schlimm genug. Ich habe nämlich ein privates Problem, das ich lösen soll oder muss. Dazu brauche ich aber den Stein der Weisen. Die Elfe unseres Waldes hat mir dazu geraten, ihn zu suchen, denn nur er kann mir helfen. Doch wo und wie soll ich denn diesen Stein finden. Da hatte ich an euch gedacht. Ob ihr mir dabei behilflich sein könntet? Alleine finde ich den sicherlich nicht. Wie soll ich wissen, wo sich der Stein befindet? Mir ist das auch zu aufwendig unter uns gesagt. Könntet ihr das vielleicht für mich erledigen? Mir fällt sicher eine gute Belohnung für euch ein, wenn ihr fündig werdet. Würdet ihr für mich auf die Suche gehen und mir den besonderen Stein herbeischaffen?"

„Na du hast aber großes Vertrauen zu uns. Was ist mit dir? So ganz ohne deine Unterstützung tun wir nichts. Bei aller Freundschaft, aber du sollst dein Problem selbst lösen. Also musst du schon für dich einen Teil dazu beitragen", meinte Muckerl das Heinzelmännchen.

„Ja wenn ich wüsste, wo sich der Stein der Weisen befindet, hätte ich euch nicht gesucht, um euch zu beauftragen. Die Eule meinte, ihr macht gerne so spezielle Aufträge."

„Das ist schon richtig, aber es kommt immer darauf an, ob wir damit jemand dienen oder ob wir seine Bequemlichkeit unterstützen sollen. Was wir dir nicht unterstellen. Jedenfalls brauchen wir schon einen Anhaltspunkt oder Hinweis. Überlege einmal wie und wo die Suchaktion stattfinden soll."

„Ihr habt recht", gab der Kobold zurück. „Wenn ich so darüber nachdenke, kommt mir die Idee, dass sich der Stein der Weisen in den Bergen befinden könnte. Dort lebt nicht nur Funkelschweif der Drache, sondern in diesem Gebiet leben auch einige Indianer sehr zurückgezogen. Ich hatte noch nie Kontakt zu ihnen. Könnte es nicht sein, das der Stein der Weisen dort zu suchen und zu finden ist?"

Da meinte Heinzelmännchen Muckerl: „Ein guter Anfang und eine Möglichkeit, denn die Indianer sind sehr, sehr weise. Ich könnte mir vorstellen, dass diese ihn behüten und an einem geschützten Ort aufbewahrt haben. Ob dieser Stein der Weisen so einfach zu finden und dann auch zu bekommen ist? Das ist die Frage. Die Indianer werden ihn sicher gut bewachen, sofern er sich in ihrer Obhut befindet. Das wird sicher nicht einfach werden. Ich sag dir was mein lieber Kobold. Weil du für uns immer ein guter Kumpel warst, werden wir dir helfen. Wir unterstützen dich, diesen besonderen Stein zu finden.

Ich und noch zwölf Mann unserer Heinzelmännchen-Schar, werden morgen in die Berge gehen und versuchen mit den Indianern Kontakt aufzunehmen. Vermutlich wissen sie von dem Stein der Weisen und verraten uns, wo er zu finden ist. Vielleicht tun sie es oder auch nicht, damit müssen wir rechnen. Aber du kannst gerne mit uns kommen und uns begleiten. Zusammen sind wir stark und werden eher Erfolg haben."

„Ich dachte, ihr geht alleine und bringt mir den Stein gleich mit, wenn ihr fündig geworden seid", erwiderte Spindle ein wenig enttäuscht.

„So einfach ist das nicht. Das würde dir gefallen, aber wir haben auch unsere Vorschriften, wie wir zu arbeiten haben, weißt du mein lieber Kobold. Du musst schon das Deine dazu tun, ok. Wir hatten das ja vorhin schon einmal kurz besprochen. Hast du es schon wieder vergessen du Schlingel? Du selbst musst ihn holen wir helfen und unterstützen dich nur dabei."

„Na gut, wie ihr meint, ich hab schon verstanden. Ich werde euch begleiten", sagte der Kobold einsichtig.

„Das freut uns sehr" erwiderte Muckerl das Heinzelmännchen und bemerkte weiter: „Morgen um sechs Uhr früh treffen wir uns hier wieder und gehen dann geschlossen, gemeinsam auf den Berg."

Gesagt, getan. Die Nacht verging wie im Flug und alle waren pünktlich zur Stelle. In Windeseile marschierten sie nun den Berg hinauf, als plötzlich der Drache Funkelschweif einen orangenen Feuerschwall spie und rief: „Wohin so früh am Morgen? Habe ich etwas verpasst, das ich wissen sollte?"

„Es ist nicht so wichtig, ich und unsere Heinzelmännchen, sie begleiten mich zu den Indianern, die ich gerne kennenlernen möchte. Zufrieden Herr Drache", antwortete Spindle, der von dem Drachen nicht sehr angetan war.

„Das ist alles? Etwas sonderbar", misstraute Funkelschweif und zog sich wieder zurück.

„Immer diese Neugier, alles will er wissen, überall mischt er sich ein", murmelte Spindle mürrisch vor sich hin.

„Ach lasse doch diesen Drachen, du weißt ja, wie er ist. Kommt, gehen wir weiter, gleich haben wir es geschafft", beruhigte Muckerl den Kobold und die ganze Mannschaft.

„Wir lassen uns doch von Funkelschweif nicht die gute Laune verderben."

So marschierten sie nun frohen Mutes weiter und siehe da, hinter der nächsten Kehre war schon die erste Hütte des Indianerdorfes zu sehen. Alle waren hoch erfreut. „Jedoch wie werden die Indianer auf unseren Besuch reagieren? Vor allem auf unsere Frage nach dem Stein der Weisen?"

Vorerst blieben alle einmal stehen und Muckerl erhob das Wort: „Nun lieber Spindle es ist soweit. Jetzt kannst du vor Ort, sofort versuchen, dein Problem zu lösen. Wir Heinzelmännchen haben dich bis hierher begleitet, um dir deinen Rücken zu stärken. Suche du nun ein Gespräch mit einem der Dorfbewohner. Wenn du Schwierigkeiten bekommen solltest, sind wir für dich sofort zur Stelle. Also los sei mutig, du schaffst das schon."

„Gut ich werde es versuchen", entgegnete der Kobold und näherte sich der Hütte, wo sogleich ein Indianer heraustrat, und ganz verwundert schaute.

„Wer seid ihr und von wo kommt ihr?" fragte der Indianer verwundert.

„Ich bin ein Kobold, man ruft mich Spindle und es bedeutet der Glückliche. Ich lebe im Wald am Fuße dieses Berges. Ich habe gehört, dass sich hier hoch oben im Gebirge ein Indianerdorf befindet und dieses Volk sehr weise ist. Daraufhin wurde ich sehr neugierig und wollte es unbedingt kennenlernen.

Außerdem hätte ich auch für mich, eine sehr wichtige Frage an euch."

„Aha, ich bin Weiße Feder, der Häuptling dieses Dorfes. Ich habe noch nie jemand anderen gesehen als unsere Indianer, die dieses Dorf bewohnen. Wir leben hier ungestört in Frieden. Was wäre denn deine Frage?"

„Es ist nicht einfach, wie soll ich beginnen", erwiderte der Kobold zögerlich. „Wisst ihr, ich habe ein Problem zu lösen, dazu brauche ich den Stein der Weisen, nachdem ich auf der Suche bin. Ohne ihn kann ich mein Problem nicht lösen. Er ist so schwer zu finden. So dachte ich, vielleicht ist er hier am Berg bei den weisen Indianern aufbewahrt. Nun wage ich, - dich, Weiße Feder zu fragen, ob meine Vermutung richtig ist."

Weiße Feder runzelte die Stirn und meinte: „Warte hier auf mich bis ich wieder komme. Ich ziehe mich zurück, um mich mit meinem Stamm zu beraten."

Spindle stand nun irgendwie hilflos, alleine da. Als die Heinzelmännchen das bemerkten, rannten sie ganz neugierig zu ihm. „Was gibt es Neues? Was hat er gesagt? Wohin ist er verschwunden? Bringt er dir den Stein?" riefen alle aufgeregt durcheinander.

„Aber nein, ich muss hier warten, bis er wieder kommt, mehr weiß ich auch noch nicht. Bitte lasst mich wieder alleine. Wie sieht denn das aus, wenn er wieder kommt und diese Versammlung sieht."

„Du hast recht", waren sich alle einig und zogen sich wieder hinter dem großen Felsen zurück, wo sie sich zuvor aufhielten."

Es verging noch eine geraume Zeit, ehe der Häuptling Weiße Feder wieder zurückkehrte.

Allerdings war er nicht alleine. Es war Blauer Adler, der ihn begleitete.

Weiße Feder wandte sich nun an den Kobold und sprach: „Also Spindle, ich bin beeindruckt von dir, dass du uns aufgesucht hast, um uns kennenzulernen. Noch dazu, dass du auf die Idee kommst, bei uns den Stein der Weisen zu finden. Irgendwelche Geister müssen es dir geflüstert haben, sonst wärst du nie dahinter gekommen. Du hast recht, dieser besondere Stein ist bei uns aufbewahrt. Blauer Adler wurde von „Großer Geist" beauftragt den Stein der Weisen, an einem sicheren Ort zu verwahren und ihn zu schützen. Er ist sehr wertvoll und unersetzlich."

Weiße Feder erklärte weiter: „Großer Geist verkündete mit seinen prägenden Worten. Eines Tages wird jemand kommen und nach diesem Stein fragen. Es wird jemand sein, der große Probleme hat. Dafür ist der Stein der Weisen auch geschaffen. Er dient zur Weiterentwicklung der Menschheit.

Derjenige, der ihn bekommt, ist ein kleines Glied in einer großen Kette. Er wird mit dem Stein der Weisen sein Problem lösen können, er ist aber auch ermächtigt deren Weisheit weiterzugeben. Um ihn zu bekommen, muss er jedoch einen Test bestehen, der ganz simpel ist. Wenn er ihn berührt und er beginnt golden zu strahlen, dann hat er die Möglichkeit, ihn in seine Obhut zu nehmen. Jedoch muss er den Stein der Weisen bei sich unter höchsten Schutz verwahren. Allerdings ist es Pflicht, mit uns ein Bündnis einzugehen, denn er darf diesen Stein niemals jemand anderen übergeben. Das Einzige, was er tun darf, ist, ihn an uns zurückzugeben, *wenn er ihn aus irgendeinem Grund nicht mehr bei sich haben will. Auch wenn es unserem Stamm, besonders „Blauer Adler", schwerfällt, so muss dem bedürftigen der Stein ausgehändigt werden. Das steht im großen Plan."*

Der Kobold war sehr berührt von diesem Gespräch, dass er keine Worte fand.

Blauer Adler nahm ihn nun an der Hand und führte ihn jetzt in eine große Amethyst-Höhle, wo dieser wertvolle Stein aufbewahrt war.

Der Kobold war überwältigt und kam aus dem Staunen nicht heraus. Er näherte sich nun dem Stein der Weisen und dieser verbreitete sofort sein goldenes Licht. Blauer Adler gratulierte ihm zu seinem bestandenen Test und bat ihn, sich mit seinem Stamm zu verbrüdern und sein Bündnis einzugehen, falls er den Stein ehrlichen Herzens annehmen will.

„Oh ja, sehr gerne", erwiderte Spindle gerührt.

Blauer Adler nahm nun den Stein an sich und bat Spindle ihm zu folgen. Somit gingen sie beide ins Dorf zurück, wo der Häuptling Weiße Feder schon neugierig wartete.

Als Weiße Feder die leuchtenden Augen des Kobolds sah, war ihm klar, dass er den Stein ehrlichen Herzens verdient hat.

„Darf ich dir gratulieren? Wie ich an deinen strahlenden Augen erkennen kann, ist es dir gelungen, den Stein der Weisen zum Leuchten zu bringen. Ab nun bist du ein Mitglied unseres Indianerstammes. So es dein Wille ist, gehst du mit uns dieses Bündnis ein und verbrüderst dich mit uns."

„Sehr gerne", erwiderte Spindle erfreut.

Nun trommelte der Häuptling das ganze Dorf zusammen, um das Ritual zu vollziehen. Alle Indianer kamen geschmückt und bemalt zur Stelle. Auch die Heinzelmännchen wurden zu diesem Fest geladen, die sich sehr freuten, dabei sein zu dürfen. Es wurde ein großes Feuer entzündet und alle jubelten und tanzten umher.

Nun trat Blauer Adler hervor, um dem Kobold den Stein der Weisen zu überreichen. Dieser strahlte im goldenen Licht.

Ganz feierlich sagte er: „Mein lieber Kobold, ab nun bist du der neue Besitzer dieses wertvollen Steins. Es ist ein magischer kraftvoller Stein. Er hat dich gerufen, sonst hättest du ihn sicher nicht gefunden. Mit Hilfe dieses Steins sollst du deiner Lebensaufgabe, deinem Lebensplan wieder folgen können. Es ist an der Zeit dort weiterzumachen, wo du aufgehört hast, deine Ideen und Phantasien an die Menschheit weiterzugeben. Nicht alle Menschen werden deine alten und neuen kommenden Geschichten verstehen, aber das ist nicht von Bedeutung. Es ist wichtig, deiner Phantasie freien Lauf zu geben, egal was andere darüber denken. Du bist der Schöpfer deiner Ideen. Ein kleiner Teil der Menschen, für die du diese Geschichten schreibst, wird auch den Sinn dahinter verstehen, darum geht es. Jetzt hast du die Möglichkeit, den Stein der Weisen zu bitten, dich in deiner Kreativität zu fördern und zu unterstützen. Nütze diese Chance, die nicht jeder bekommt. Nun sei gesegnet, indem ich dir den Stein der Weisen übergebe."

Auch der Häuptling sprach ein paar Worte: „Nun mein Kobold bitte ich dich, diesen Stein so zu hüten, wie es Blauer Adler getan hat. Es war für ihn nicht einfach, sich von diesem Stein zu lösen. Jedoch er machte es der Menschheit zuliebe. Von nun an trägst du die Weisheit mithilfe der Magie des Steines in die Welt hinaus. Ich wünsche dir ein erfülltes Leben. Sei gegrüßt."

Vorerst war der Kobold ganz still in sich gekehrt, dann sagte er ehrfurchtsvoll: „Es ist mir eine sehr große Ehre in eurem Bunde aufgenommen zu werden. Selbstverständlich werde ich den Stein sehr achtsam verwahren, denn schließlich will ich ja, dass er mich in meinem Vorhaben, neue Geschichten zu schreiben unterstützt. Ich bin schon sehr gespannt, wie das vor sich geht."

„Du brauchst ihn nur zu berühren und ihn bitten dir ideenreiche Gedanken zu schicken und es wird geschehen", antwortete Blauer Adler und sagte weiter: „Wenn du jetzt mit deinen Freunden wieder heimwärts ziehst, wünschen wir euch einen guten Abstieg ins Tal, in deinen Wald, wo du zu Hause bist."

Spindle meinte gerührt:„Fast fällt es mir schwer mich von euch zu trennen, aber ich habe natürlich auch Sehnsucht mich in mein vertrautes Umfeld zu begeben. Jedenfalls danke ich euch für eure selbstlose Art, die ihr mir mit der Übergabe des Steins entgegengebracht habt. Somit verabschiede ich mich schweren Herzens. Natürlich auch meine Heinzelmännchen, ohne die ich den Weg in dieses liebevolle Dorf nie gefunden hätte. Sie waren mir eine große Hilfe bei der Suche nach dem Stein der Weisen."

Nun nahm Spindle seinen kleinen Rucksack und packte seinen magischen Stein, ganz vorsichtig in ein paar weiche Tücher gehüllt, ein.

Schwupps, schwang er ihn auf seinen Rücken, rief seine Heinzelmännchen herbei und machte nun die ersten Schritte heimwärts. Wie auf Kommando drehten sich alle noch einmal um, und winkten den Indianern zum Abschied. Fröhlich marschierten sie nun ins Tal. Doch als sie die Hälfte des Weges schon hinter sich hatten,- wer lag da schon wieder auf der Lauer?

Der Drache! Neugierig wie immer. Hinter einem Felsen guckte er hervor und spie einen orangenen Feuerschwall ins Universum, wobei er rief: „Habt ihr die Indianer gefunden? Ihr wart aber lange aus. Was habt ihr dort gemacht? Es würde mich schon interessieren! Schließlich habe ich auch ein Recht darauf es zu erfahren", ergänzte er mürrisch.

„Du hast wohl viele Rechte aber nicht alle. Das ist unser Geheimnis", frohlockte der Kobold und hüpfte mit seinen Heinzelmännchen über Stock und Stein, um bald zu Hause zu sein.

„Hoffentlich tut es dir nicht einmal leid, so mit mir zu sprechen", kreischte Drache Funkelschweif."

Jedoch Spindle und die Heinzelmännchen ignorierten sein unleidliches Benehmen und liefen flotten Schrittes weiter.

Endlich glücklich angekommen wurden sie von der Elfe erwartungsvoll begrüßt.

„He, Spindle warst du erfolgreich?" war der freudige Empfang der Elfe.

„Ich kann dir gar nicht sagen, wie dankbar ich dir bin, dass du mich so eindringlich animiert hast, mich auf die Suche zu machen. Ohne dein Drängen hätte ich das nicht getan. Die Heinzelmännchen haben mich großartig unterstützt. Mit ihrer Hilfe war die Suche erfolgreich. Komm rasch her zu mir. Ich zeig dir den Stein der Weisen. Siehst du, wie schön er leuchtet. Ist es nicht herrlich ihn anzusehen! Nun werde ich ihn an einen geheimen Ort sorgsam verwahren. Sobald als möglich werde ich mich an ihn wenden, in der Bitte mich in meiner Kreativität zu unterstützen. Ich bin schon sehr gespannt, wie seine Magie Wirkung zeigt."

Die Elfe bewunderte diesen Stein. Sie freute sich für den Kobold, dass dieser nun wieder so viel Zuversicht ausstrahlte.

Gesagt getan. Nun nahm er den Stein der Weisen wieder an sich und begab sich auf die Suche nach einem gesicherten, geschützten Ort. Er ging ganz tief in den Wald, denn er wusste einen Platz, den niemand kannte außer ihm und einer weisen Eule, mit der er sehr innig verbunden war. Es gab dort eine kleine Höhle, wo er sich nur aufhielt, wenn er sich hin und wieder zurückzog, so ihm danach zumute war. Da unterhielt er sich öfters des Nachts mit seiner Lieblingseule, der er seine Sorgen und Geheimnisse anvertraute. So auch jetzt. Er trug nun den Stein der Weisen in diese Höhle und bat die Eule über dieses Versteck zu wachen, falls sich jemand nähern sollte. Diese versprach ihm sich sofort bei ihm zu melden, falls sich irgendetwas Verdächtiges ereignet. Doch das wäre schon ein großer Zufall. So sicher ist dieser Ort.

Nun war er erleichtert zu wissen, dass er an der Eule eine ehrliche Vertraute hatte, die ebenfalls ein wachsames Auge über die Höhle hält. Jetzt saß er noch ein Weilchen unter dem Baum und erzählte ihr über seine Erlebnisse. Wie sich die Suche nach dem Stein zugetragen hat.

Danach verabschiedete er sich von der Eule und ging nochmals in die Höhle zurück, um den einzigartigen Stein zu betrachten, der nun sein Eigen ist. Er setzte sich vor ihm hin und schaute in sein golden strahlendes Licht. Nun spürte er seine magische Kraft und ohne es zu wollen fiel er in tiefe Trance.

Vor seinem inneren Auge lief ein Film ab und er verschmolz mit dem Stein der Weisen. Nun hörte er das Trommeln der Indianer und Blauer Adler stand vor ihm und meinte: „Jetzt habe ich dir gezeigt, wie du die Verbindung mit dem Stein der Weisen herstellst. Wie du siehst, es ist ganz einfach. Du brauchst nur in sein Licht zu schauen und schon bist du eins mit ihm. Jedes Mal wenn du das tust, wird er dir Geschichten erzählen, die du dann niederschreibst. Es wird dich so begeistern, sodass du Tag für Tag hier her in die Höhle kommst. Deine Freundin, die Eule wird vor der Höhle auf einem Baum sitzen und über dich und dem Stein wachen. Nun mein lieber Kobold ziehe ich mich wieder zurück. Auch ich und mein Stamm sind mit dir eng verbunden und wenn es etwas Wichtiges gibt, oder du etwas wissen willst, werde ich dir erscheinen. Nun segne ich dich und deine Arbeit, die du vollbringen wirst. Sei gegrüßt dein Freund Blauer Adler."

Schön langsam kam er aus dieser Trance zurück und war verblüfft. „Wo bin ich da, was war das jetzt?"

Es dauerte ein Weilchen, bis er sich wieder orientieren konnte. Solch ein Erlebnis hatte er noch nie. Er war überglücklich und lief zur Eule hinaus, die tatsächlich auf dem hohen Baum vor dem Höhleneingang saß.

„Du brauchst mir nichts zu erzählen, ich habe mit dir alles miterlebt. Ist das nicht eine herrliche Botschaft", sagte die Eule.

„Es kann nichts Schöneres geben", erwiderte Spindle begeistert und sagte weiter, „jetzt gehe ich zu meinen Freunden und werde sie darauf vorbereiten, dass ich ihnen voraussichtlich bald wieder neue Geschichten vorlesen werde. Was meinst du dazu?"

„Ja, ja, mach nur. So soll es sein. Es ist deine Lebensaufgabe, dein Lebensplan, den sollst du auch erfüllen, solange du noch unter uns weilst", spornte ihn die Eule an.

„Hurra, hurra ich ziehe los und morgen komme ich wieder. Ich nehme mir gleich Papier und Schreibzeug mit, damit ich mit meiner Arbeit, Geschichten zu Schreiben beginnen kann."

So war es dann auch. Tag für Tag begann er mit dem Stein der Weisen zu kommunizieren. Danach nahm er seinen Stift zur Hand und schrieb, und schrieb......

An den darauffolgenden Tagen setzte er sich wie einst auf seinen Kraftplatz, um für seine Freunde Vorlesungen zu halten. Ein breites Publikum wartete bereits ungeduldig, von Neugier erfüllt, die neuesten

Geschichten zu hören. Der Kobold war hoch erfreut so viele interessierte Zuhörer anzutreffen. Sein Herz jubelte vor Freude.

Es war genauso wie es Blauer Adler ihm prophezeit hatte.

Er arbeitete unaufhörlich. Oft fielen ihm unterm Schreiben die Augen zu, aber es machte ihm riesigen Spaß, dass er nie zu träumen gewagt hätte. Auch die Heinzelmännchen und seine anderen Freunde waren wieder fröhlich gelaunt. Sie warteten fast täglich gespannt auf die neuesten Geschichten des Kobolds.

Besuch vom Mond

Es war an einem lauen Abend zu Herbstbeginn. Ein leiser Wind streifte über Wiesen, Felder und sanft streichelte er die bunten Blätter des Waldes. Der Ruf eines Käuzchens ertönte aus der Waldung. Laut rief es immer wieder schuhu, schuhu, schuhu ....
Ganz entzückt saß die Elfe Luana auf einer Lichtung des Waldes und lauschte dem Geschehen. Verträumt gab sie sich dieser mystischen Abendstimmung hin. Viele Zwerge, Feen und Elfen tummelten sich ebenso auf dieser Lichtung.
Sie genossen dieses harmonische Beisammensein.
Als es jedoch immer dunkler und dunkler wurde und die Nacht hereinbrach, blickte die Elfe für einen kurzen Moment zum Himmel. Doch dieser kurze

Augenblick hielt sie gefangen, als sie die Mondsichel zwischen den Wolken hervorschauen sah. Der Wind spielte mit den Wolken, und der Mond gab ihnen durch seine Nähe ein geheimnisvolles Licht. Es war ein himmlisches Schauspiel und eine Augenweide dies zu beobachten. Wie magisch war die Elfe Luana von diesem Erlebnis angezogen. Sie konnte sich einfach von diesem Anblick nicht mehr abwenden. In ihrem Kopf ratterten die Gedanken durcheinander und sie trugen sie ganz weit fort, weit fort ins Universum, wo sie vor sich hin träumte.

„Ob es am Mond wohl auch, Leben gibt? Vielleicht doch? Womöglich sitzt jetzt ein kleines Männlein auf der Mondsichel und lässt seine Beinchen baumeln? Wer weiß?"

Während sie so mit den Gedanken spielte, kam ein guter alter Freund des Weges. Es war Zwerg Sven der meinte: „Du bist wohl sehr fasziniert von dieser heutigen Abendstimmung, hab ich recht? Aber auch an mir geht diese Stimmung nicht unbemerkt vorüber. Es liegt heute etwas Besonderes in der Luft. Was auch immer es ist, ich weiß es ebenfalls nicht, gab Zwerg Sven zustimmend von sich."

„Oh wie fein Sven dass du vorbeigekommen bist", bemerkte Luana und fuhr fort, „ich dachte mir soeben, ob der Mond bewohnt ist? Ob es dort oben vielleicht auch ein Mondmännlein gibt und noch so einiges mehr ...."? Was denkst du?

Interessiert und nachdenklich nahm Sven neben seiner Freundin, der Elfe Platz. Er meinte: „Wie wäre es meine liebe Luana, würdest du es dir zutrauen, dich einmal telepathisch mit dem Mond zu verbinden? Vielleicht kommst du dem Geheimnis auf die Spur? Wäre das eine Sache? Ich finde, das wäre toll. Ich denke, die ganzen Bewohner unseres Waldes wären auch sehr neugierig, wenn du da etwas in Bewegung setzen könntest. Du bist die Einzige hier in unserer Gesellschaft, die diese Gabe hat, meine ich. Überlege es dir einmal. Es würde mich freuen, wenn du dich auf dieses Experiment einlässt.“

Luana schaute nachdenklich vor sich hin und erwiderte: „Oh ja, eigentlich eine prima Idee deinerseits. Es fühlt sich gut an. Du hast mich überredet, Sven. Ich brauche noch etwas Zeit, ehe ich beginne mich dafür zu öffnen, um mich mit dem Mond zu verbinden. Ein Versuch ist es allemal wert. Ich sehe schon, das wird spannend.“

Nun ging Luana in die Stille, um mit dem Mond eine telepathische Verbindung aufzunehmen. Es dauerte ein Weilchen, bis sie das Gefühl hatte dort angekommen zu sein. Die Empfindung der Leere war verschwunden und es war eigentlich nur mehr zu hoffen, dass ihr irgendetwas, irgendein Impuls oder ein prägendes Zeichen entgegenkommt.

Somit sendete sie ihre Gedanken aus und harrte darauf eine Reaktion zu bekommen.

„Hallo Mond, hallo Mond hier meldet sich die Elfe Luana. Wer ist dort? Ich bin eine Bewohnerin der Erde. Gibt es dort oben auf dem Mond auch Lebewesen?

Nun wurde sie abermals innerlich ganz still und nahm eine abwartende Haltung ein. Plötzlich hatte sie das Gefühl die Energie veränderte sich, und tatsächlich kam eine Antwort in telepathischer Form.

„Ja auch bei uns auf dem Mond gibt es Leben.

Allerdings ganz anders als bei euch auf der Erde. Es ist sehr schwer, dies zu beschreiben, denn ihr würdet es sicher nicht verstehen. Ich bin Kiro das kleine Mondmännlein, nachdem du gesucht hast. Stimmt`s? Wir die Bewohner des Mondes schauen ständig auf die Erde und beobachten euch. Wir haben auch viel Einfluss auf euren Planeten. Denkt nur an eure Meere, die wir ständig in Bewegung setzen. Es ist so schön, mit den enorm großen Gewässern zu spielen. Mal dehnen wir es aus und lassen die Flut entstehen. Wenn wir meinen es ist genug, dann leiten wir die Ebbe ein und das Meer zieht sich wieder zurück. Es ist einfach, herrlich mit dem Wasser zu spielen. Es ist ein Spiel, das mir sehr viel Freude bereitet. Der Wächter des Mondes erzählte uns, dass bei diesem Spaß auf der Erde ein lautes Dosen und Rauschen zu hören ist. Leider kann ich es nicht bis hierher wahrnehmen. Es würde mich so sehr interessieren, wie sich das anhört. Wir haben auch einen Hüter und Wächter des Mondes, der für Ordnung sorgt. Unser Mond selbst, dreht sich rund um die eigene Achse und um die Erde. Lachend meinte es, mich wundert`s nur, dass er noch nicht schwindlig geworden ist. Abgesehen davon, sendet er sehr oft mystisches Licht zur Erde. Wir die Mondmännlein, sind äußerst fleißig und unterstützen ihn bei seiner arbeiten."

„Träume ich oder höre ich wirklich Stimmen, war Luana verblüfft. Dass ich so rasch erhört wurde? Ich bin sprachlos, dass es mir tatsächlich geglückt ist mit dem Mond Kontakt herzustellen und mit einem seiner Bewohnern zu kommunizieren. Danke liebes Mondmännlein, dass du dich bei mir gemeldet hast.

Am liebsten würde ich dich voll Freude umarmen. Leider bist du viel zu weit weg. Einige wenige Menschen unseres Planeten hatten schon einmal das Vergnügen, den Mond zu betreten. Nur entdeckt haben sie euch nicht.

Es wäre schön, wenn du uns auf der Erde besuchen könntest. Wärst du dabei, wenn es möglich wäre? Denke darüber nach. Wir könnten viel voneinander lernen. Das wäre doch was! Ich könnte dich an den Strand des Meeres führen, wenn des Nachts die Sterne funkeln und euer Mondlicht sich im rauschenden Wasser spiegelt. Oh, wie romantisch. Du könntest dann sehen wie sich eure Spiele mit dem Wasser auswirken. Ich würde mich sehr freuen, dich hier zu begrüßen. Was meinst du dazu?"

„Deine Einladung ehrt mich sehr, herzlichen Dank! Oft spielte ich schon mit dem Gedanken, wie es für mich wäre, wenigstens nur einmal auf kurze Zeit den Planeten Erde zu betreten. Den Erdball kennenzulernen und zu erforschen. Jedoch um so eine große Reise anzutreten, muss ich all meinen Mut zusammennehmen und mich bei unserem Oberhaupt, dem Wächter des Mondes zu einem Gespräch voranmelden. Wir haben hier sehr strenge Regeln. Ich kann nur hoffen, dass es mir gelingt, ihn zu überzeugen. Es sollte auch in seinem Sinne sein, mehr über den Planeten Erde zu erfahren. Mal sehen, ob mir mein Vorhaben gelingt. Jedenfalls hoffe ich es. Außer mir gibt es hier keinen einzigen Bewohner des Mondes, der sich freiwillig zu so einer spannenden, unsicheren Reise hinreißen lässt. Ich wäre begeistert und nehme deine Einladung gerne an."

„Dein schnelles Handeln finde ich toll! Mit Sicherheit drücke ich dir die Daumen und hoffe auf ein gutes Gelingen. Ich bin schon sehr aufgeregt und werde meinem Freund Zwerg Sven, von unserem Gespräch erzählen. Ich warte bereits ganz ungeduldig auf deine positive Nachricht. Liebe Grüße zum Mond, schickt dir die Elfe Luana!"

Nun wandte sich die Elfe ihrem Freund Zwerg Sven zu, und erzählte ihm ganz begeistert von ihrer telepathischen Unterhaltung mit dem Mondmännlein Kiro.

„Stell dir vor ich habe Kontakt bekommen. Ich kann es kaum fassen. Dieses Männlein vom Mond hat mir so viel erzählt, ich weiß gar nicht, wo ich anfangen soll. Jedenfalls eines ist sicher, es möchte uns einen Besuch auf der Erde abstatten. Dazu braucht es aber erst die Erlaubnis vom Wächter des Mondes. Ich hoffe, dass dem Mondmännlein die Einwilligung zugesagt wird. Ich bin schon so aufgeregt, bis es sich wieder meldet."

Zwerg Sven sprang auf und hüpfte vor Freude. „Ich sagte es dir ja, dass du es schaffen wirst, eine Verbindung herzustellen. Wenn nicht du, wer sonst?"

Ausführlich gab die Elfe ihr Gespräch mit dem Mondmännlein an Sven weiter. Ihre Unterhaltung, war sehr fesselnd. Sie dauerte bis in die frühen Morgenstunden.

Es vergingen einige Tage und Luana wurde schon ein wenig ungeduldig, weil keine Nachricht aus dem Universum durchsickerte.

„Was wohl da oben los ist? Ob der Wächter des Mondes Schwierigkeiten macht?

Es bewegt sich absolut gar nichts", war die Elfe traurig.

Sven. ihr Freund redete ihr gut zu und tröstete sie. „Warte es nur ab, dieses Mondmännlein wird sich sicher bald wieder bei dir melden. Du sagtest einst, es muss sich beim Wächter des Mondes voranmelden und um Erlaubnis bitten, um sein Vorhaben durchführen zu können. Wir kennen deren Gesetze ja nicht."

„Ja vielleicht hast du recht", gab die Elfe traurig von sich.

Es vergingen noch einige Tage. Der Vollmond strahlte vom Himmel und siehe da, als die Elfe bei ihrem täglichen Spaziergang ihren Lieblingsplatz, an der Lichtung erreichte, bekam sie schlagartig ein ganz eigenartiges Gefühl. Sie ließ sich darauf ein und als sie so in sich ging, was das wohl sei, meldete sich plötzlich Kiro das Mondmännlein.

„Hallo kleine Elfe, ich bin`s Kiro. Wie geht's dir? Wir haben derzeit viel zu tun. Die Meere sind sehr unruhig und wir sind intensiv beschäftigt, um sie wieder in Balance zu bringen, denn es ziehen heftige Stürme über die Erde. Es ist eine große Herausforderung für mich und meine Freunde des Mondes. Deshalb konnte ich mich nicht eher melden."

„Oh welche Freude von dir zu hören", jubelte Luana und fragte gleich ganz aufgeregt", hast du Neuigkeiten in Bezug auf die Erdenreise? Wie war das Gespräch mit eurem Oberhaupt des Mondes?" Es kamen Fragen über Fragen.

„Ich spanne dich nicht lange auf die Folter", antwortete Kiro und erzählte weiter, „ stell dir vor, *ich bekam die Erlaubnis der Erde einen Besuch abzustatten. Nebenbei erhielt ich noch ganz viel Unterstützung der hier anwesenden Bewohner. Ist das nicht fein!" freute sich Kiro.*

Kurz erzähle ich dir noch, wie sich alles zutrug. Zu Beginn des Gesprächs horchte mir unser Hüter und Wächter des Mondes sehr aufmerksam zu. Er war höchst erstaunt über mein Anliegen. Er stellte viele Fragen, warum und weshalb. Zu meinem Erstaunen meinte er dann: „Wenn du als Forscher die Reise antreten willst, lasse ich dich gerne reisen."

Allerdings muss ich ihm als Gegenleistung genau Bericht erstatten und einige Schätze von der Erde zum Mond bringen. Eine Sternschnuppe hat sich bereit erklärt, mich morgen bei ihrer Reise durch das All mitzunehmen. Sie meinte, der jetzige Zeitpunkt, zu Beginn des abnehmenden Mondes, ist besonders günstig, weil sie das Universum besser überblicken kann. Nebenbei fügte sie hinzu, dass es auch für sie eine Ehre sei, mich auf dieser abenteuerlichen Reise zu begleiten. Sie weiß genau, bei welcher Lichtung sie landen muss, damit wir uns treffen können. Das ist hoch erfreulich. Meine Freude ist grenzenlos. Nun muss ich mit dem Mond noch eine Runde um die Erde drehen, damit ich morgen pünktlich zur selben Zeit, am gleichen Ort bin, um meine Sternschnuppe nicht zu verpassen. Das darf auf keinen Fall passieren. Denn so eine Chance habe ich nicht alle Tage. Der Mond hat mir für morgen höchst persönlich einen sternenklaren Himmel versprochen, damit die Sternschnuppe mit mir an der richtigen Stelle problemlos landen kann.

Als nun Luana eine Frage stellen wollte, war die

telepathische Verbindung plötzlich unterbrochen.

Die Elfe war sprachlos, mit welchem Tempo dieses kleine Mondmännlein voranging. Völlig überfordert rief sie Sven und erzählte ihm von Kiro`s spontanem Entschluss.

Doch der Wald schläft nicht. Auf keinen Fall die Eule. Unbemerkt lauschte sie dem Gespräch der beiden. Sie verstand jedes Wort. „Was sagt ihr da?" fiel sie ihnen ins Wort.

So rasch konnten die beiden gar nicht reagieren, erhob sich die Eule in die Lüfte, und fort war sie. Sie flog zwischen den Bäumen hindurch und verkündete die Nachricht, die sich wie ein Lauffeuer verbreitete.

Eine mystische Stimmung tat sich auf. Die Nacht war hereingebrochen und ein geheimnisvolles Licht des Mondes durchflutete den Wald. Die Äste der Bäume knacksten, als würden sie sagen, „wir haben alle verstanden."

Irgendwie war nun die Elfe froh, dass ihr die Eule, ihre Arbeit unwissentlich abgenommen hatte alle Bewohner des Waldes, über das Ereignis zu informieren.

Eine Euphorie der Freude breitete sich aus.

Die Zeit verging und nächsten Abend versammelten sich alle Wesen des Waldes an der Lichtung, um die Ankunft des Mondmännleins nicht zu verpassen.

Jedoch nicht nur auf der Erde war die Aufregung groß, auch am Mond wuchs die Spannung.

Das Mondmännlein bereitete sich nun auf den Start der Reise vor. Es war ein wenig nervös und zappelte von einem Bein auf das andere. Nun meldete sich der Mond zu Wort, dem die Unruhe seines Schützlings nicht entging und wirkte beruhigend auf ihn ein.

„Hallo Kiro du brauchst dich nicht ängstigen. Gleich wird die Sternschnuppe, die ich für dich ausgesucht habe, vorbeikommen und dich abholen. Ich wünsche dir eine gute erfolgreiche Reise. Du kannst sicher sein, dass du unter meinem allerhöchsten Schutz stehst und dir garantiert nichts zustoßen wird. Ich freue mich schon, wenn du mit den Schätzen der Erde wieder kommst. Vielleicht kannst du eine Pflanze mitbringen, das würde mich erfreuen. Du wirst ja sehen. Also gute Reise Kiro, hier kommt schon deine Sternschnuppe, schnell, steig auf", rief der Mond und dessen Wächter hinterher, und hurtig ging's dahin durchs Universum.

Während Kiro bereits unterwegs war, schickte der Mond sein mystisches Licht zur Erde.

Luana, Sven und alle Waldbewohner warteten ungeduldig auf die Landung des Mondmännleins. Viele Gestirne bewegten sich am Himmel, bis plötzlich eine Sternschnuppe mit einer ganz besonderen Strahlkraft erschien. Sie war enorm rasch unterwegs, alles ging blitzschnell. Kurz vor der Erdoberfläche machte sie eine Notbremsung, ließ Kiro von ihrem hellen Strahl runter purzeln und raste davon.

Nun landete das Mondmännlein im hohen Gras und lachte. Es machte einen fröhlichen Eindruck. Kiro wurde von allen herzlichst begrüßt und mit vielen Fragen überschüttet. Es war ein kleines zartes Männchen voller Tatendrang und plauderte hurtig drauf los: „Hallo, ihr lieben Erdbewohner. Wie ihr wisst, bin ich hier, um die Erde zu erforschen. Ich bin euch überaus dankbar, dass ihr mich so herzlich empfangen habt. Meine Reise war aufregend schön. Rasant sausten wir über die Milchstraße. Einmal dachte ich schon, jetzt wird sie mich gleich verlieren und ich werde im luftleeren Raum umher fliegen. Wie ihr seht, klebt noch der ganze Sternenstaub an mir. Das nur so nebenbei. Je näher wir kamen, desto deutlicher sah ich die vielen Farben, die es hier auf Erden gibt. Wunderschön ist es bei euch. Ich bin sehr glücklich, an diesem Ort sein zu dürfen. Bei uns am Mond ist es eintönig. Alles nur beige und braun. Vielleicht meinte deswegen der Mond, ich soll eine Pflanze mitbringen. Schade, dass ich nicht lange bleiben darf."

„Ach bist du eine kleine Plaudertasche", lachte die Elfe. „Wir werden uns alle bemühen die richtige Pflanze, für deinen Mond zu finden. Morgen bringen wir dich an den Meeresstrand, damit du hier auf Erden Ebbe und Flut erleben kannst. Du wirst sehen, wie die Meereswogen hochgehen, und du wirst das Dosen und Rauschen hören. Es wird dich freudig stimmen. Ich habe auch vor, dich in eine Kristallhöhle zu führen, damit du siehst, wie es bei uns im Erdinneren aussieht."

Kiro war sehr aufgeregt und sagte:„Ich bin schon so neugierig, was mich in den nächsten zwei bis drei Tagen erwartet. Das Meer beschäftigt mich enorm, weil es derzeit schwierig ist, es in Balance zu bringen. Ich lasse mich einfach überraschen."

„Nun ist es aber Zeit sich auszuruhen", sagte die Elfe. „Selbst der Mond wandert schon weiter und wir werden ihn bald nicht mehr sehen. Für dich lieber Kiro habe ich ein weiches Moosbett vorbereitet, damit du gut schlafen kannst. Gute Nacht und *träume schön."*

Alle zogen sich nun auf ihren Schlafplatz zurück. Da Luana ihrer Natur entsprechend immer sehr fürsorglich war, richtete sie sich neben Kiro ebenfalls eine Schlafstelle im Moos zurecht, um ihren Gast in Sicherheit zu wiegen. Dieser war so übermüdet, dass er in einen tiefen friedlichen Schlaf fiel.

Der Mond zog langsam dahin und schweifte mit seinem geheimnisvollen Licht, kurz über die Schlafstelle der beiden, als wollte er ihnen noch schnell eine erholsame Nachtruhe wünschen.

Die Nacht verging rasch und Kiro wurde durch die Morgensonne sanft geweckt. Er setzte sich auf und schaute interessier um sich. Er musste erst wieder realisieren, dass er diese Nacht auf der Erde verweilte.

Auch die Elfe wurde wach und flüsterte leise: „Guten Morgen, hast du gut geschlafen?"

„Ach du Liebe, ich habe so viel geträumt. Ich glaube, ich war heute Nacht auf der ganzen Welt unterwegs. Es war so schön. Doch jetzt bin ich wieder hier und frage dich, was sind das für große und kleine Lebewesen die in der Gegend umherfliegen?" wollte das Mondmännlein wissen.

„Es sind unsere Vögel, die fröhlich singend über Wiesen und Wälder fliegen, und die kleinen surrenden Wesen sind Bienen und Schmetterlinge." erklärte ihm die Elfe.

„Das ist sehr beeindruckend. So etwas kennen wir am Mond nicht", staunte Kiro.

„Freut mich das es dir bei uns gefällt", erwiderte Luana und sprach weiter: „ich und mein Freund Sven haben mit dir heute Großes vor. Wir bringen

dich zum Meeresstrand, nach dem du dich so sehnst. Das Wetter ist herrlich, was wollen wir mehr. Schau mal, wer da gelaufen kommt, es ist unser Zwerg Sven. Also komm gehen wir."

Kiro überlegte nicht lange und folgte den beiden. Es war ein etwas längerer Fußmarsch, aber sie hatten ja Zeit. Kiro war sehr aufgeregt und war das erste Mal abwartend und still.

Die Elfe meinte nun: „Muss ich mir Sorgen machen, weil du so unerwartet still geworden bist?"

Nein, das musste sie wirklich nicht, denn sie waren schon sehr nah am Meer und ein leises Rauschen kam näher. Sofort war Kiro wie neu belebt und strotzte vor Begeisterung. Laut rief er: „Wir sind da, ich höre das Rauschen und sehe auch schon die ersten Wellen. Ich hüpfe vor Freude. Schade dass es meine Freunde vom Mond nicht so hautnah miterleben können."

„Hast du vielleicht Lust aufs Meer hinauszufahren?" schlug die Elfe vor und fuhr fort:„Ich brauche nur die Meeresnixe rufen. Sie würde für uns sicher alles sofort organisieren."

„Natürlich gerne!" war Kiro begeistert.

So geschah es dann auch. In kürzester Zeit war ein kleineres Boot zur Stelle und los ging`s. Schnell stiegen alle ein und die Nixe steuerte das Schiff. Das türkisblaue Wasser war glasklar und man konnte an seichten Stellen bis am Meeresgrund sehen.

Meerespflanzen wiegten sich in der Strömung, und überall tummelten sich größere und kleinere Fische. Weit draußen im Ozean spielten die Delfine und die Sonne spiegelte sich im Meer.

Das Mondmännlein Kiro war tief beeindruckt und meinte: „So etwas hätte ich mir nie träumen lassen. Ich konnte mir überhaupt nicht vorstellen, dass es unter Wasser so viel Leben gibt. Diese vielen bunten Fische und die lieblichen Laute der Delfine. Ich kann mich einfach nicht sattsehen. In Zukunft werde ich das Meer viel achtsamer bewegen, das verspreche ich euch."

Nun lenkte die Nixe ein und meinte: „Leider muss ich schon umkehren, denn neue Passagiere warten bereits auf mich, für die nächste Rundfahrt."

„Schade", entschlüpfte es Kiro.

Nun waren sie wieder an Land. Sie spazierten den Strand entlang, setzten sich unter eine Palme und ließen diesen ereignisreichen Tag ausklingen. Kiro wollte sich von diesem Ort nicht trennen. Somit beschlossen sie nun hier zu übernachten. Es war sehr abenteuerlich. Die Sterne funkelten und der Mond suchte Kontakt zu Kiro und seinen Gastgebern. Das Mondmännlein verstand ihn natürlich auf telepathische Art. Man sah, wie glücklich es war. Nun schliefen sie alle friedlich ein.

Gut ausgeruht erwachten sie am nächsten Morgen und Luana schlug vor, dem Mondmännlein die Kristallhöhle zu zeigen. Kiro war sofort begeistert und auch Zwerg Sven wollte einmal diese berühmte Höhle besuchen. Sie hatten zwar einen sehr langen Fußmarsch vor sich, bis zu den Bergen. Jedoch es war noch ganz früh am Morgen und somit ideal zum Wandern. Da Kiro immer sehr viel plauderte, und lachte verging die Zeit wie im Flug und so standen sie urplötzlich vor der Kristallhöhle.

„Das ist aber fein, wir sind schon da", freute sich die

Elfe und fuhr fort, „nun werden wir die Höhle in aller Achtsamkeit betreten. Mein lieber Kiro, es ist ein Geschenk von uns an dich, dir diese geheimnisvolle Welt zu zeigen, also komm mit uns. Glaube mir, du wirst dieses heutige Erlebnis nicht vergessen."

Kiro horchte aufmerksam zu und folgte ihren Anweisungen.

Schritt für Schritt ging er ihr nach. Plötzlich standen sie in dieser großen Höhle. Ringsum waren viele Bergkristalle zu bewundern. Sie funkelten und erhellten die Höhle, da seitlich ein Lichtstrahl von außen durchsickerte.

Kiro war sprachlos. Auch das soll bei ihm vorkommen. Leise, flüsternd hauchte er: „Das es so etwas Prachtvolles gibt. Unglaublich! Luana, wenn ich dich um etwas bitten dürfte. Erlaubst du mir zum Abschied, nur einen kleinen Bergkristall in meine Heimat, dem Mond, mitzunehmen? Es ist einzigartig. Wie ihr wisst, muss ich leider morgen meine Heimreise antreten. Heute Nacht hat mir der Mond im Traum mitgeteilt, dass ich im Morgengrauen von einem Boten des Universums abgeholt werde. Er wird sich nur mir zu erkennen geben", sagte Kiro bedrückt.

„Ja auch wir sind sehr traurig. Du hast uns immer fröhlich gestimmt und bist einfach süß", waren sich die beiden einig.

„Es ist so schade, aber vielleicht kommst du bald wieder auf Kurzbesuch, das wäre doch fein. Schau Kiro, vorsichtshalber habe ich dir einen ganz kleinen Rucksack mitgebracht. Hier kannst du den Bergkristall verstauen, den du dir jetzt spontan aussuchst. Einverstanden!" lächelte ihm die Elfe zu.

„Du hast doch wirklich an alles gedacht", scherzte Kiro und blickte sich um.

„Die Auswahl ist enorm. Für welchen dieser vielen Kristalle soll ich mich jetzt wohl entscheiden?"

Nun beriet ihn Sven: „Du wirst die richtige Wahl treffen. Folge meinen Worten, damit du dir bei deiner Auswahl leichter tust. Daher schließe nun kurz deine Augen, - und nun öffne sie wieder. Wohin traf dein erster Blick? Diesen Kristall nimmst du jetzt, denn der ist für dich bestimmt."

„Oh ja, dieser Bergkristall, der am Felsvorsprung liegt, der ist es. Er hat mich magisch angezogen und strahlt wie die Sterne am Himmel. Wie recht du hast, erwiderte Kiro, einen Passenderen hätte ich nicht gefunden. Meine Freude ist unermesslich."

Nun kam die Elfe auf ihn zu, öffnete den kleinen Rucksack und Kiro gab dieses wertvolle Geschenk ganz vorsichtig hinein. Dieses Mondmännlein war nun überglücklich diesen Schatz der Erde, auf den Mond mitzunehmen.

Schweren Herzens verließen sie die Höhle und suchten sich einen Platz zum Ausruhen. Nun saßen sie beisammen und erinnerten sich an die schöne Zeit, die sie mitsammen verbracht hatten. Vom Abschied nehmen waren sie nicht sehr begeistert. Jedoch zum Trost beschlossen sie, weiterhin telepathisch in Verbindung zu bleiben. Es sollte die letzte Nacht auf Erden sein.

Die Stimmung war gedämpft und Kiro wurde schweigsam, aber auch Luana und Sven waren nicht zu Scherzen aufgelegt.

Nun meinte Kiro: „Ich werde mich jetzt von euch verabschieden, bevor wir einschlafen. Ganz zeitig im

Morgengrauen, wenn ihr noch schlaft, muss ich mich auf den Weg machen. Kurz bevor ich aufbreche, wird der Mond mit mir Kontakt aufnehmen, damit alles planmäßig abläuft. Aber ich verspreche euch, ich werde es möglich machen, dass ich wieder komme."

Lachend und weinend vielen sich nun alle drei um den Hals und versuchten danach einzuschlafen.

Wie geplant lief nun alles ab. Die Morgendämmerung brach herein und ein grünes Licht näherte sich. Ein Blitzgedanke durchfuhr das Mondmännlein. „Das wird der Bote sein."

Rasch nahm es seinen kleinen Rucksack um die Schulter und näherte sich dem Licht. Es wurde liebevoll eingeladen mitzukommen. Die Rückreise erfolgte blitzschnell, genauso schnell wie die Reise zur Erde. Ehe er sich`s versah, landete er in seiner Heimat, am Mond.

Das Mondmännlein wurde freudig empfangen und als Held gefeiert. Ganz stolz nahm es seinen Rucksack von der Schulter, öffnete ihn und holte den Bergkristall hervor. Er stellte ihn auf ein hohes Podest, damit ihn alle bewundern können.

„Seid gegrüßt meine lieben Freunde", waren die einleitenden Worte des Mondmännleins. „Hier bringe ich euch ein Geschenk der Erde mit und widme es dem Mond. Den Wunsch eine Pflanze mitzubringen konnte ich ihm leider nicht erfüllen. Die Erdenwesen erklärten mir, dass sie für das Leben am Mond nicht geeignet sind. Dieser einzigartige Bergkristall jedoch schon. Ich kann euch gar nicht sagen wie freudig und spannend es war, diesen Bergkristall entgegenzunehmen. Es wurde mir so viel gezeigt auf dieser Erde. Deswegen möchte ich unseren Wächter des Mondes an Ort und Stelle nochmals fragen, ob ich diesen traumhaften Planeten Erde zu Forschungszwecken nochmals bereisen darf.

Nun trat der Wächter des Mondes hervor und sagte: „Mein lieber Kiro, diese Bitte kann ich dir nicht abschlagen. Du hast mich und unsere Mondbewohner so reichlich beschenkt. Gerne unterstütze ich dich dabei. Du darfst diese Reise wiederholen und uns mit deinen Forschungen bereichern."

Kiro strahlte übers ganze Gesicht und meinte:„Ich bin überglücklich, dass es mir gestattet wird den Planeten Erde weiter erforschen zu dürfen. Ihr werdet es nicht bereuen.

Nebenbei sage ich herzlichen Dank für euer aufmerksames zuhören. Dieser Bergkristall kommt jetzt in eine Glasvitrine und kann an einem besonderen Ort, den ich hier mit unserem Oberhaupt des Mondes noch aussuchen werde, täglich besichtigt werden.

Mit großem Applaus wurde der Vortrag nun beendet und alle Mondwesen gingen wieder an ihre Arbeit, die Meere in Balance zu bringen.

Kiro war sehr glücklich und freute sich schon auf die nächste Erdenreise, zu seiner liebgewordenen Elfe und seinen Freund Zwerg Sven....

Das Indianerdorf

Das Indianerdorf

Es war ein kleiner Indianerstamm mitten im Urwald. Sie lebten glücklich und zufrieden in ihrem ruhigen, idyllischen Dorf. Jeder Indianer hatte seine Aufgabe, egal ob Mann, Frau oder Kind.

Die kleinen Mädchen begleiteten ihre Mütter bei allen ihren Tätigkeiten. So wie Kräuter sammeln, Wäsche waschen am Fluss, und viele andere Aufgaben, die diese Frauen hatten. Somit wurden sie für ihr späteres Erwachsenenleben gelehrt, ohne Zwang oder Hektik. Es war ein spielerisches fröhliches Zusammensein und alles geschah mit einer ungezwungenen Selbstverständlichkeit.

Die älteren Knaben gingen mit ihren Vätern zur Jagd. Somit lernten sie, wie man in der Wildnis überlebt. Es gab viele wilde Tiere, mit denen man respektvoll umgehen musste. Wenn man das tat, passierte ganz selten ein Unglück. Die alten Indianer wussten das und gaben es an ihre Nachkommen weiter.

Die Zeit verging und ihre Vorräte wurden knapp. Das Dorf versammelte sich und die erfahrenen Indianer beschlossen wieder auf die Jagd zu gehen.

Während sie sich über das Jagdgebiet unterhielten, saßen die Frauen vor den Hütten und spielten mit ihren Kindern.

Nach dieser Besprechung verabschiedeten sich die Männer von dem Rest ihrer Familien, die sie zurücklassen mussten.

Die halbwüchsigen und die etwas älteren Knaben wurden nun von ihren Vätern auf die Jagd mitgenommen, um von ihnen zu lernen.

Bevor sie jedoch aufbrachen, machten sie zu diesem Anlass ihren althergebrachten Ritus.

Bunt bemalt, mit Trommeln und Rasseln, vollzogen sie mit ihren Ritualen ihr zeremonielles Abschiedsfest, um erfolgreich wieder heimzukehren. Als der letzte Trommelschlag verstummte, forderte sie der Häuptling auf, sich auf den Weg zu machen. Schließlich sollen sie mit ergiebiger Beute wieder heimkehren. Innerlich gestärkt und zuversichtlich zogen sie nun mit Pfeil und Bogen los, in den tiefen Urwald, wo sie jeden Baum und Strauch kannten. Trotzdem war große Vorsicht geboten vor Schlangen, die sich im Unterholz verbargen. Es gibt auch viele andere Tiere, wo Vorsicht geboten ist. Somit tarnten sie sich oft im Gebüsch oder auf Bäumen.

Wie Katzen auf leisen Sohlen bewegten sich die Indianer leichtfüßig durch den Wald. Plötzlich trabte eine ganze Wildschweinfamilie durchs Gebüsch. Rasch griffen die Indianer zu ihrem Jagdwerkzeug, dem Pfeil und Bogen und erlegten eines der Tiere. Es war ein großes schweres Wildschwein und somit hatten sie wieder kurzfristig für ihr leibliches Wohl vorgesorgt. Sie bedankten sich beim Universum für dieses Geschenk. Es wurde gesegnet und zum Heimtransport vorbereitet.

Einer der halbwüchsigen Indianerjungen erblickte eine Bananenplantage.

Schnell entschlossen kletterte er hinauf, um die Bananen zu ernten. Leider machte er eine unachtsame Bewegung, verlor den Halt und stürzte zu Boden. Schwer verletzt blieb er liegen und konnte sich nicht mehr bewegen. Bestürzt beugten sie sich über ihn. Rasch bastelten sie aus herumliegenden großen und kleinen Ästen eine Bare, wo sie ihn ganz vorsichtig hinauf legten, um ihn wieder ins Dorf zu bringen. Einige Männer kümmerten sich um den Jungen. Der andere Teil der Jäger transportierte das schwere Wildschwein in ihre Siedlung. Die Knaben und Jugendlichen nahmen die Bananen mit, die sie geerntet hatten.

Mit großen Schmerzen wurde der Junge nun über Stock und Stein getragen. Bei jedem Ruck, der nicht vermeidbar war, zuckte er zusammen. Es war für die Träger in diesem Dickicht sehr schwer, die Balance zu halten. Nach einigen Stunden waren sie endlich wieder in ihrem Dorf angekommen. Zu ihrem Leidwesen war es leider keine ungetrübte Heimkehr. Nun hatte wenigstens das Rütteln und Schütteln ein Ende. Somit konnte sich der Körper des Jungen ein wenig entspannen.

Sie stellten die Bare auf den lehmigen Boden, inmitten des kleinen Dorfplatzes. Es waren schöne Hütten, die aus Lehm und Stroh zu kreisförmigen Gehöften angeordnet waren.

Dieses Dorf strahlte große Herzenswärme aus. Wie konnte es denn auch anders sein, schließlich wurde es auf einem auserkorenen Kraftplatz angesiedelt. Man könnte sagen ähnlich einem Medizinrad. Die Sonne leuchtete ins Zentrum dieses kreisförmigen Ortes und der Medizinmann wurde herbeigerufen. Die Frauen rannten um schmerzstillende Kräuter und Säfte, um den Verunglückten vorerst nötigst zu versorgen. Sie tropften ihm einige Tropfen vom Kräutersaft auf seine bebenden Lippen, damit seine Schmerzen gelindert wurden. Der Medizinmann legte ihm Heilkräuter auf seinen Brustkorb und gab heilende Laute von sich.

Während dessen kam eine Eule aus dem Wald geflogen. Es war das Krafttier des Jungen, welches der Medizinmann bei seiner Heilarbeit um Unterstützung bat. Sie kreiste einige Male um den Körper des Jugendlichen und landete neben seiner Körpermitte. Sie gab Laute von sich die sehr weich und wohltuend klangen, worauf sich die Gesichtszüge des Jungen allmählich entspannten und sein Atem ruhiger wurde. Nun breitete sie ihre Flügel aus und berührte ganz sanft seine schmerzenden Körperstellen, worauf er in tiefen Schlaf versank. Einige Indianer trommelten im leisen Rhythmus vor sich hin und baten ihre Geister um Hilfe. Der Medizinmann nahm seine Adlerfeder zur Hand und fächelte sein heilendes Räucherwerk in die Aura des Jungen, worauf der Junge zwei Tage lang durchschlief, und danach an der Seite der Eule gesund erwachte, die ihn rund um die Uhr im Auge behielt.

Als er langsam wieder zu sich kam, blickte er ganz verloren und orientierungslos um sich. Er konnte sich an nichts mehr erinnern, jedoch die Eule ließ ihn wissen wie und was alles passierte. Er war Ihr und dem Medizinmann, unendlich dankbar für seine Rettung und rasche Genesung. Natürlich bedankte er sich auch bei seinen Freunden, die ihn durch den Urwald heimwärts trugen.

Durch diese prägende Erfahrung wurde ihm nun bewusst wie sehr ihn sein Krafttier, die Eule, beschützte und sich um ihn kümmerte. Er verspürte eine ganz tiefe, innige Verbindung zu ihr und konnte sich von nun an telepathisch mit ihr verbinden. Ab diesem Moment war ihm klar, dass die Eule immer an seiner Seite verweilte, und er sie jederzeit um Rat bitten durfte, wenn er Hilfe benötigte.

Als Dank für die rasche Genesung wurde zu Ehren des Medizinmannes, der Eule und allen Personen, die ihn gesund pflegten, ein großes Dorffest veranstaltet.

Das ganze Indianerdorf war in Aufruhr. Sie bemalten ihre Gesichter, schmückten sich und tanzten nach dem Rhythmus der Rasseln und Trommeln, so lange, bis sie in tiefe Trance fielen.

Der Medizinmann bedankte sich bei seinen Ahnen, der Eule und den Naturgeistern für ihre Unterstützung zur Heilung.

Während dessen zerlegten einige Indianer das erlegte Wildschwein, und grillten es am offenen Feuer, um sich daran zu laben.

Die ganze Nacht wurde ausgiebig seine Genesung gefeiert und der junge Mann erfreute sich seiner wieder erlangten Gesundheit.

Die Eule allerdings, beobachtete das Fest aus einem sicheren, überschaubaren Abstand und ließ ihren Freund nicht aus den Augen. Dessen war auch er sich bewusst und kommunizierte telepathisch mit ihr, um sie auf diese Art, ebenfalls an der Feier teilhaben zu lassen.

Sarahs Abenteuer

Es war einmal eine Haremsdame namens Sarah. Sie war jung und schön. Sie wurde von einem reichen Scheich auserkoren, der ihr die Welt zu Füßen legte. So gut sich dies anhört, so toll war es jedoch nicht.

Zu Beginn war noch alles wunderbar. Es könnte für sie nichts Schöneres geben. Ein hübscher Scheich, der sie verwöhnt, in einem traumhaften Palast. Was kann es idealeres noch geben.

Sarah genoss dieses Leben in vollen Zügen. Er las ihr jeden Wunsch von den Augen ab.

Jedoch eines Tages hatte sie das Bedürfnis auszubrechen. Sie wollte einfach einmal ganz alleine an den Meeresstrand gehen, die Sonne und das Meer genießen. Doch so einfach war es nicht. Solche Wünsche waren ihr strengstens untersagt.

Ungeachtet dessen war sie eines Morgens fest entschlossen den Palast zu verlassen. Sie öffnete ihren Kleiderschrank, nahm ihre Badesachen an sich und schlich sich ganz unauffällig davon. Sehr vorsichtig spazierte sie nun an den Strand. Er war ziemlich weit entfernt von dem Palast, wo sie niemand vermuten würde. Es war ein wunderschöner heißer Sommertag. Dort angekommen zog sie sich um, schlüpfte in ihren Bikini und begab sich sogleich in die Meeresfluten.

Oh wie herrlich dieses Rauschen der Meereswellen. Sarah war eine gute Schwimmerin und wagte sich sehr weit ins offene Meer hinaus. Plötzlich kam eine hohe Welle und ein Wesen erhob sich aus ihr.

Sarah war kurz erschrocken, doch dieses Wesen beruhigte sie sogleich.

„Hab keine Angst, ich beschütze dich. Du bist schon viel zu weit vom Strand entfernt. Alleine schaffst du es nicht mehr zurück. Ich bin der Meeresgott und will nur das Beste für dich. Es wird Zeit, dass du wieder umkehrst, bevor du an Kräften verlierst und ertrinkst."

„In der Tat, du hast recht. Du bist sehr achtsam und liebenswert. Ich danke dir, dass du mich rechtzeitig gewarnt hast. Es war einfach herrlich mich von den Meereswellen tragen zu lassen. Aber jetzt macht es mir ein wenig Angst, soweit vom Strand entfernt zu sein."

„Du brauchst dich nicht zu ängstigen. Komm her, ich trage dich zurück ins seichte Wasser, den Rest schaffst du alleine."

„Oh, ich danke dir für deine bedingungslose Hilfe. Alleine hätte ich es sicher nicht mehr geschafft. So, jetzt werde ich mich sogleich am Sandstrand niederlassen und mich an den wärmenden Sonnenstrahlen erfreuen. Die Abkühlung war sehr erfrischend. Seit ewigen Zeiten habe ich das nicht mehr genossen. Ich lebe nämlich in einem Harem, da gibt es diese Freiheiten nicht für mich. Dort ist mir alles verboten. Ich habe mich heute einfach davongeschlichen. Hoffentlich ist es niemanden aufgefallen, sonst Gnade mir Gott, welche Strafe auf mich wartet."

„Ach, du Arme. Mache dir noch einen schönen Tag am Strand. Sie Sonne wird dir jetzt sicher guttun, um dich wieder aufzuwärmen, nach diesem kühlen Nass. Ich ziehe mich nun wieder zurück, um meinen Verpflichtungen nachzugehen und für Ordnung zu sorgen."

Glücklich ging Sarah wieder an Land und suchte sich einen ruhigen Platz in einer kleinen Bucht. Sie räkelte sich im Sand und schlief kurz ein. Während sie kurz eingenickt war, versank sie ins Land der Träume, wo sie dumpf eine Stimme wahrnahm die zu ihr sprach: „Hallo meine Süße, ich bin der Sonnengott und wärme die Erde, doch du liegst schon zu lange in diesem heißen Sand. Es braucht nicht viel von meiner Energie, um verbrannt zu werden. Bitte sei so gut, wache auf und suche dir ein schattiges Plätzchen. Deine Haut ist schon in Mitleidenschaft gezogen worden. Sieh dich mal an. Es ist nicht zu deinem Besten, noch länger in der Sonne zu liegen."

Allmählich merkte Sarah, dass es nicht nur ein Traum war. Es ist wirklich so. Sehr rasch erwachte sie und betrachtete ihren Körper. Sie musste feststellen, dass ihre Haut tatsächlich schon etwas gerötet war. Sarah wurde soeben klar, dass sie nun schon zum zweiten Mal gewarnt wurde. Einmal vom Meeresgott und jetzt vom Sonnengott, sonderbar. Man hatte sie vor schlimmen Folgen bewahrt. Somit suchte sie ein schattiges Plätzchen auf, um ihre Haut zu schonen und sich noch ein wenig zu entspannen.

„Hallo Sonnengott, ich weiß gar nicht wie ich dir, für deine Aufmerksamkeit danken soll."

„Nichts zu danken, gerne geschehen. Du bist so ein schönes Mädchen. Es wäre doch schade, dass du durch meine kräftigen Strahlen Verletzungen davonträgst. Ich bin nur in kleinen Dosierungen gut verträglich. Es wäre doch schade, um so ein hübsches Wesen, wie du es bist."

Glücklich über die schönen Stunden verweilte Sarah noch kurze Zeit an diesem Ort. Sie war Vergnügt und erholt als sie nun beschloss aufzubrechen und unbemerkt in den Palast zurückzukehren.

Doch so problemlos wie sie das gerne gehabt hätte, funktionierte es leider nicht. Ganz unerwartet wie aus dem nichts, tauchte plötzlich eine unheimliche Gestalt auf.

„Diese Gestalt sieht ja aus wie der leibhaftige Teufel", waren Sarahs Gedanken und ein kalter Schauer lief ihr über den Rücken.

Aber dieses Wesen konnte ihren Gesichtsausdruck erkennen und meinte: „Was denkst du jetzt eigentlich von mir? Ich sehe wohl angsterregend aus, nicht wahr? Hast schon recht, du sollst wissen, ich bin der Teufel, der Leibhaftige, hui. Ich habe nur Böses im Sinn. Ich habe dich schon die längste Zeit beobachtet und sah dich, als du dich aus dem Palast davongeschlichen hast. Jetzt hast du wohl Angst, dass dich jemand sieht, wenn du heimkehrst. Sehe ich das richtig? Ich unterstütze dich nicht, du sollst deine Strafe bekommen, die du verdient hast. Ich bin nämlich der Freund deines Gatten. Was sagst du dazu, hi, hi ... Ich werde ihm verraten, wo du dich herumgetrieben hast. Welch unfolgsames Weib du bist. In deiner Haut möchte ich nicht stecken, wenn ich deinem Gemahl diese Botschaft überbringe."

„Sag, musst du denn so böse sein. Ich habe dir doch wirklich nichts getan", maßregelte ihn Sarah.

„Umsonst bin ich doch nicht der Teufel, oder was denkst du denn? Ich erfülle meine Arbeit, du als Haremsdame aber nicht. Deine Pflicht wäre es doch, zu Hause zu bleiben. Oder sehe ich da was falsch?"

„Ja mein Gott, was ist denn da so verwerflich, einmal seinen eigenen Wünschen und Bedürfnissen nachzugehen. Du bist einfach nur frech und gemein. Lasse mich jetzt einfach in Ruhe und verschwinde aus meinen Augen. Zum Teufel mit dir."

„Ha, ha der bin ich ja schon. Das würde dir so passen", lachte der Teufel höhnisch.

Sarah aber ignorierte ihn. Verachtend wandte sie sich von ihm ab. Nun überlegte sie, wie sie den Teufel loswerden könnte. Aus diesem Grunde wählte sie einen Umweg für ihre Heimkehr. Sie hoffte, dass sie auf dieser geheimen Route vor diesem Bösewicht geschützt sei. In der Tat, er blieb ihr fern. Kurz vor dem Palast drehte sich Sarah nochmals um, um sicher zu sein, dass er ihr nicht gefolgt sei.

„Dem Himmel sei Dank" er war nicht mehr zu sehen. Anscheinend hat er sich was anderes überlegt. Die Frage ist nur was, war Sarah verunsichert. Vielleicht ist er am Strand geblieben oder,... keine Ahnung?

Erleichtert und vorsichtig schlich sie sich zurück in den Palast, um von niemand gesehen zu werden.

„Gott sei Dank hat mich niemand bemerkt", dachte sie. Entspannt und glückselig ließ sie sich rücklings ins Bett fallen. Plötzlich hörte sie ein leises Quietschen ihrer Zimmertüre.

Rasch setzte sie sich auf, denn sie dachte, ihr Gemahl stattet ihr einen Besuch ab. Jedoch er war es nicht. Nein, es war ein kleines altes Weiblein.

Erschrocken meinte Sarah: „Wer bist du und von wo kommst du denn her?"

„Ich bin die Hexe Walli! Ich lebe schon sehr lange gut getarnt in diesem Palast. Ich kenne alle eure Geschichten, auch deine. Sei froh, dass ich deinem

Gemahl nicht gesagt habe, dass du dich heute morgens davongeschlichen hast. Er hatte dich schon überall gesucht. Wo warst du denn? Er war nicht begeistert von deiner Abwesenheit. Verraten habe ich dich aber nicht."

„Obwohl du mich so erschrocken hast und du eigentlich nichts in meinem Zimmer zu suchen hast, bin ich dir sehr dankbar für deine Verschwiegenheit. Es reicht mir schon, dass mir der Teufel angedroht hat mich bei meinem Gemahl zu verraten. Er ist abscheulich und hässlich", war Sarah ein wenig verängstigt.

„Wie bitte?" war Walli aufgebracht. „Dieser Lümmel droht dir. Der soll sich nicht überall so wichtig nehmen. Überall stiftet er nur Unfrieden, den müssen wir in eine Falle locken und zu Fall bringen. Ich muss nur noch nachdenken, wie wir seine Boshaftigkeit zum Scheitern bringen. Der ist mir noch was schuldig, dieses Ungetüm."

Sarah war nun etwas erleichtert, dass sie jemanden an ihrer Seite hat, der sie versteht und gewillt ist, ihr zu helfen.

Plötzlich hörte sie feste Schritte, die sich ihrem Zimmer näherten. Es war der Scheich, der sogleich eintrat und sie mit bestimmter Stimme fragte: „Wo warst du denn heute den ganzen Tag? Ich habe dich überall gesucht. Du weißt da kann es strenge Strafen geben, wenn du nicht gleich zur Stelle bist."

Nun trat Walli hinter der Türe hervor und meinte: „Ich begrüße sie aufs Herzlichste mein Herr. Kurz danach als sie mich fragten, ob ich wüsste, wo Sarah ist, habe ich mich umgesehen und traf sie im Garten. Wir begegneten uns zum ersten Mal. Sarah und ich kamen ins plaudern und so tratschten wir stundenlang. Ich habe ihr von meinem Leben erzählt. Nachdem ich schon eine sehr alte Frau bin und viel erlebt habe, hatte die Erzählung dementsprechend lange gedauert. Ich hatte ganz vergessen, ihnen mitzuteilen, dass ich sie gefunden habe. Jetzt sind wir nun wieder hier, weil sie mir ihr Zimmer zeigen wollte.“

„Das soll ich dir glauben?“ meinte der Scheich ein wenig misstrauisch.

„Ja warum denn nicht? Was hätte ich davon sie zu belügen. So etwas kann ich ja gar nicht“, überzeugte Walli den Scheich.

„Also gut du altes Weib und jetzt gehe bitte und lasse uns alleine.“

Sarah fiel ein Stein vom Herzen. Jedoch im Hinterkopf hatte sie natürlich noch die Drohung des Teufels. Was wird sich Walli bloß einfallen lassen.

Die Hexe Walli verließ nun den Raum und zog sich in ihre Hexenkammer zurück, von der niemand nur die geringste Ahnung hatte, wo sich diese befindet. Außer dem Teufel, dem entging nichts. In ihrem Kopf ratterten ihre Gedanken nur noch rund um den Teufel.

„Was könnte ich dem nur antun. Auch mich wollte er schon einmal verraten, und meine Unterkunft preisgeben. Er war nur neidisch auf mich, weil er hier in diesen Palast keinen Unterschlupf gefunden hatte. Ich könnte zerspringen vor Wut auf ihn.“

Nun fasste sie den Entschluss sich auf den Weg zu machen, um ihn zu suchen. Schnell machte sie einen Schluck aus ihrem selbst hergestellten Hexentrunk. Kraftvoll aufgetankt verließ sie den Palast und spazierte zum Strand, wo sie hoffte, ihn zu finden. Es war ein heißer Abend und sie hatte Glück. Sie sah ihn schon von weitem wie er im Meer seine Füße badete. Je näher sie kam, umso mehr stieg in ihr die Wut hoch. Provokant rief sie ihm zu: „Ach, hier steckst du? Seit wann kühlst du dir deine Füße ab. Das ist ja ganz sonderbar, oder machst du gar Körperpflege und reinigst sie?"

Der Teufel war auf diese Begegnung absolut nicht vorbereitet und es verschlug ihm kurz die Sprache.

„Was suchst du denn hier", gab er barsch zurück.

„Du wirst es nicht glauben, aber ich suche dich in deiner ganzen Schönheit", frotzelte ihn die Hexe.

„Ich bin hier, um dich zu warnen. Wehe dir, wenn du dem Scheich erzählst, dass sich Sarah einen Tag Auszeit genommen hat, um sich hier am Meer zu entspannen. Du nimmst dir wohl alle Freiheiten heraus. Damit ist jetzt Schluss. Wenn du das tust, verhexe ich dich und du hast keine ruhige Minute mehr hier auf Erden. Hast du mich verstanden. Du weißt, dass du gegen mich ein kleiner Wurm bist, vergiss das nicht. Das du dich nicht schämst, auf Schwächere loszugehen."

Nun wurde der Teufel ein wenig kleinlaut und meinte: „Das war ja nur ein Scherz, sonst wäre ich ihr ja gefolgt, als sie in den Palast zurückging. Aber damit zwischen uns beiden wieder Frieden einkehrt, liebe Walli, werde ich davon ablassen. Aber in Ordnung war es trotzdem nicht von Sarah, ihren Gemahl so zu täuschen."

„Deren Probleme gehen dich aber wirklich nichts an. Du bist und bleibst ein Unruhestifter und jetzt verschwinde von hier, bevor ich dich noch verhexe."

„Ist schon gut, ich geh ja schon", gab der Teufel kleinlaut zurück. Zerknirscht zog er seinen Nacken ein drehte sich nochmals um und verschwand. Sicher sucht er sich anderswo wieder neue Opfer, die sich nicht zu wehren wissen.

Stolz über ihr erfolgreiches Handeln kehrte Walli in den Palast zurück. Schnellen Schrittes klopfte sie nun an Sarahs Zimmertüre und trat ein.

An ihren schelmischen Augen erkannte Sarah, dass Hexe Walli erfolgreich war. Sarah war sehr erleichtert, als ihr die Hexe von ihrem Vorgehen erzählte. Von nun an war die Hexe bei ihr immer gerne gesehen, auch die eine oder andere Hexerei hatte ihr Walli verraten. Somit wurden sie dicke Freunde und waren immer zu Späßen aufgelegt.

Wenn Sarah hin und wieder Lust hatte den Palast zu verlassen, konnte sie auf Walli zählen. Sie hatte immer die passenden Worte, um Sarah zu schützen. Alle glaubten ihr, denn sie war eine schlaue Hexe.

Finn
der
Vagabund

Finn der Vagabund

Einst lebte ein Vagabund, der sich mit dem erzählen von Märchen, durchs Leben schlug.

Er bereiste die halbe Welt, immer auf Abenteuer aus. Zufällig begegnete er einem Schwanenritter, mit dem er sich anfreundete. Dieser kam für ihn wie gerufen. Sie kamen ins Gespräch und unterhielten sich über Gott und die Welt. Plötzlich begann Finn, so hieß der Vagabund, über sein nächstes Reiseziel zu sprechen. Er erzählte von seinem Wunschtraum den Dschungel zu durchstreifen.

Da kam ihm der Gedanke, vielleicht wäre es möglich, dass ihn der Schwanenritter mit seinem Boot in die Wildnis begleitet. Sogleich sprach er ihn darauf an.

Verblüfft meinte der Schwanenritter: „Ja was willst du denn dort"?

„Ich will einfach die Welt besser kennenlernen, wieder einmal was Neues sehen", verstehst du?

„Das ist aber nicht ungefährlich, das weißt du aber schon", erwiderte der Schwanenritter Merlin.

„Würdest du mich dorthin mitnehmen", fragte Finn. und sprach weiter: „Das es dort gefährlich werden könnte weiß ich schon, aber ich setze großes Vertrauen in dich. Du hast sicher schon sehr viel Erfahrung, was das Reiten über die Stromschnellen am Amazonas betrifft. Deswegen frage ich dich, ob du mich dort hinbringen würdest?"

Der Schwanenritter überlegte ein Weilchen und fragte Finn: „Sag`, von wo kommst du eigentlich hier her? Was hast du vor? Weißt du überhaupt, worauf du dich da einlässt?"

„Das weiß ich sehr wohl. Ursprünglich komme ich aus Münchhausen, dort bin ich geboren. Nur du sollst wissen, ich bin immer auf Wanderschaft. Somit frage ich dich gleich nochmals ganz unverblümt, ob du mich mit deinem Schwan flussabwärts in den Dschungel bringen könntest. Du musst wissen, ich bin ein Vagabund und Märchenerzähler. Ich will tief in den Dschungel, um dort den Eingeborenen Märchen zu erzählen. Die haben ja keine Ahnung von der großen weiten Welt."

„Wenn du ihnen Märchen erzählst, haben sie aber erst recht wieder ein falsches Bild von der Welt", meinte Merlin und sagte: „Außerdem sei vorsichtig, welche Märchen du ihnen erzählst. Es könnte schwerwiegende Auswirkungen für dich haben, dort gibt es viele unterschiedliche Stämme. Auch Menschfresser."

„Du verstehst mich nicht", erwiderte Finn und plauderte darauf los: „Nebenbei möchte ich neue Erfahrungen sammeln und mich inspirieren lassen, für neue Ideen und Geschichten. Diese könnte ich meinen alten Bekannten und Freunden erzählen, falls ich wieder an meinen Heimatort zurückkehren sollte."

„Natürlich nehme ich dich gerne mit, aber du musst schon sehr aufpassen auf dich. Ich habe dir schon gesagt, dass dort viele Gefahren lauern. Ein falsches Wort aus deinem Munde, oder eine falsche Gestik und dein Kopf hängt als Trophäe über dem Eingang eines Wigwams. Ich habe dich gewarnt. Es ist deine Entscheidung. Es gibt natürlich auch friedliche Stämme und ich wünsche es dir, dass du an einen solchen Stamm gerätst. Oft reite ich mit meinem

Schwan über die Stromschnellen des Amazonas. Ich bin noch nie an Land gegangen, für mich ist das nichts. Lieber unterhalte ich mich mit den Krokodilen, sie sind meine Freunde geworden. Irgendwie muss ich sie verzaubert haben, denn sie begleiten mich, immer wenn ich am Amazonas unterwegs bin. Sie sind immer an meiner Seite und passen auf mich auf. Na gut, wenn du willst, reisen wir los. Es freut mich natürlich, einmal nicht alleine flussabwärts zu fahren. An Land musst du allerdings alleine gehen. Das tue ich mir nicht an."

„Oh, das macht mir gar nichts aus. Ich bin ein alter Vagabund", lachte Finn...

Nun spannte der Schwanenritter seinen Schwan vor das Boot. Finn nahm seinen Ranzen, stieg in das kleine Schifflein und setzte sich neben seinen Freund Merlin. Beide waren frohen Mutes und schwungvoll ging die Reise flussabwärts. Eine ganz eigene Stimmung machte sich breit. Von allen Richtungen kamen die unterschiedlichsten Töne eines Vogelgesanges. Ganz zaghaft begannen sie sich einzusingen.

Finn rieb sich seine Augen und genoss die Strahlen der Sonne. Die Krokodile lagen teilnahmslos am Ufer und ließen die beiden vorbeiziehen. Anscheinend genossen auch sie die warmen Sonnenstrahlen. Es war eine traumhafte Reise mit dem Schwanenritter.

Stundenlang waren sie nun schon am Fluss unterwegs, als Merlin meinte: „Es ist soweit, wir haben das Ziel erreicht! Hier kannst du an Land gehen, oder fährst du mit mir wieder zurück?" lächelte er.

„Nein, nein. Es war schön, mit dir zu reisen, aber jetzt gehe ich wieder alleine auf Wanderschaft. Ich danke dir, dass du mich unversehrt hier her gebracht hast, aber nun wird es für mich sehr spannend. Komm gut heim mein Freund."

„Danke", kam die Antwort und so trennten sie sich wieder.

Sofort entdeckte Finn einen Pfad, der gut ausgetreten war. Er ließ sich auf sein neues Abenteuer ein, diesen Fußpfad zu folgen. Ganz unerwartet huschte eine gelb gemusterte Schlange über den Weg. Hoppla, hoppla da muss ich wohl achtsamer meine Schritte setzen. Aber es ist mein Vorhaben, den Dschungel zu erforschen, um mit all seinen positiven wie auch gefährlichen Situationen fertig zu werden. Mal sehen, welche Erfahrungen ich noch machen werde, dachte er bei sich. Während er sich so Schritt für Schritt durch den heißen Dschungel mühte, hörte er von weit her ein Trommelgeräusch und hielt kurz inne.

„Oh, ich habe das Gefühl, dass ich hier in der Nähe eines Dorfes bin. Hoffentlich sind es keine Menschenfresser, wie mir mein Freund Merlin erzählte. Ich bin sicher kein ängstlicher Mensch, aber, aber jetzt wird mir schon ein wenig, mulmig zumute."

Plötzlich stand wie aus dem Nichts ein bemalter, dunkelhäutiger Mann vor Finn. Kurz stockte ihm der Atem.

Mit tiefer Stimme fragte ihn dieser: „Wer bist du und was machst du hier?"

Hastig antwortete er, ich bin Finn ein harmloser Vagabund und möchte den Dschungel kennenlernen.

„Ach so? Ich bin ein Indianer, man nennt mich „Fliegender Adler". Sei willkommen in unserem Dorf. Wir haben dich schon länger bemerkt, deswegen begannen wir zu trommeln. Komm, gehe mir nach, ich führe dich zu meinem Stamm. Wir leben hier schon seit ewigen Zeiten. Es wird dir bei uns gefallen. Wir sind sehr gastfreundlich."

Trotz der Freundlichkeit des Indianers war Finn verunsichert. Jedoch, um seine Unsicherheit zu verbergen, sagte er: „Es freut mich, dass ihr mich mit dem Trommeln so nett empfangen habt. Wenn ihr wollt, erzähle ich euch aus Dank dafür ein Märchen. Wollt ihr es hören?"

Ein fröhliches lautes Jubeln ging durch die Menge und einer der Bewohner dieses Stammes rief: „Wir haben schon sehr lange keine Märchen mehr gehört. Bitte erzähle, wir sind alle gleich ganz still und lauschen deiner Worte."

Nun trat „Fliegender Adler" hervor, und bat alle Anwesenden sich in einem Halbkreis zu verteilen, Platz zu nehmen und ihrem Gast vollste Aufmerksamkeit zu schenken.

Finn`s Anspannung löste sich allmählich auf und ein Stein fiel ihm von Herzen, als er merkte wie herzlich er in diesem Indianerdorf aufgenommen wurde.

Gelassen nahm er nun seinen Ranzen und setzte sich in die Mitte des Halbkreises, um sich einmal persönlich vorzustellen.

„Mein liebes Publikum, ich bin weit gereist, um wieder ein neues Stück Erde kennenzulernen. Zu meiner großen Freude bin ich hier in diesem gastfreundlichen Dorf gelandet. Es hätte ja auch ganz anders kommen können. Ich bin Finn, ein

Vagabund, der sich überall zu Hause fühlt. Gerne knüpfe ich neue Kontakte.
Geboren bin ich in Münchhausen, wo ich von Zeit zu Zeit auch immer wieder zurückkehre. Oft fallen mir dort neue Geschichten ein oder ich veranstalte ein Treffen, um einige Kurzgeschichten zu erzählen. Nun bin ich bei euch und lese euch ein Märchen aus meiner Heimat, aus meinem Leben vor. Ich hoffe, es gefällt euch."
Das Publikum hörte aufmerksam zu und begann zu applaudieren.
Nun war Finn an der Reihe und fing an zu erzählen.

„Es war einmal ein Sternenkind, das als solches nicht zu erkennen war. Ganz wenige Menschen kamen dahinter. Es wurde auf eigenen Wunsch in der Großstadt geboren, weil es dachte, dort ist so viel Dunkelheit, da muss etwas verändert werden. Es war wohl sehr viel, was es sich da vorgenommen hatte, aber als es einst von den Wolken herunterschaute, war das für dieses Sternenkind, Namens Ela eine Leichtigkeit die Dunkelheit aufzulösen. Ela wollte, dass sich die Menschen gegenseitig unterstützen und sich des Lebens erfreuen. Sie sollten nicht immer so missmutig und rüpelhaft durch den Tag gehen.
Schließlich bin ich nicht das einzige Sternenkind auf dieser schönen Erde, dachte es. Wenn alle Lichtbringer zusammen helfen, muss das doch funktionieren.
Es war ihr Plan und auch ihr Ziel es durchzuziehen.
Leider hatte Ela sich das alles viel leichter und einfacher vorgestellt. Die Menschen konnten Ela`s

Einstellungen und Vorstellungen zum Leben nicht verstehen und machten ihr das Leben nicht immer leicht.

Wie mit einem Brett vor dem Kopf rannten sie weiterhin gierig dem Geld hinterher, um sich Unmengen an Materie anzuschaffen, die sie nicht wirklich brauchten, um ihre Mitmenschen zu übertreffen. An Bettlern und Obdachlosen gingen sie teilweise mit abwerteten Blicken vorbei, anstatt darüber nachzudenken und froh zu sein, dass es ihnen besser ging. Sie lebten sehr oberflächlich dahin. In ihren Familien stimmte es hinten und vorne nicht. Am Ende funktionierten sie wie Roboter und wussten selbst nicht mehr, wer sie waren.

Ela konnte sich abmühen, so viel sie wollte. Sie wurde nicht ernst genommen, zum Teil auch ausgelacht. Enttäuscht zog sie sich zurück. Doch so ganz umsonst hatte sie ihre Samen nicht gesät.

Einige wenige Personen hielten dann kurz inne und begannen über sich nachzudenken. Sie unterbrachen nun dieses ewige Roboterdasein, um nur zu funktionieren. Für eine Weile zogen sie sich in sich zurück, um die innere Ruhe zu finden, sich zu spüren und sich wahrzunehmen. Einfach einmal ganz sie selbst zu sein. Wie Schuppen fiel es ihnen plötzlich von den Augen, als sie erkannten, was im Leben eigentlich das wichtigste ist. In Frieden mit sich selbst zu sein, mit sich selbst und mit den anderen.

Für diese Menschen war es allemal wert, hier auf die Erde gekommen zu sein, um den Lichtsamen zu überbringen. Ela`s Herz öffnete sich und sie war überglücklich, doch noch einige Menschen auf ihren Weg erreicht zu haben.

Zufrieden über den kleinen Erfolg lehnte sich Ela nun zurück, ließ ihre Seele baumeln und sang in Gedanken versunken, verträumt in den dunklen Sternenhimmel vor sich hin...

So summte sie nun ihr Lieblingslied: „Und ein Zug fährt durch die Nacht, durch die Fremde dunkle Nacht, in ein unbekanntes Land, wer weiß wohin ...."

Ja wohin wohl, was ist ihr nächster Schritt?

Ja meine Lieben, das war ein Teil eines Märchens von Ela dem Sternenkind.

Möglicherweise ist ihr nächster Plan, hier her in den Urwald zu kommen. Diese Naturgewalten zu spüren, und mit dem Dschungel zu verschmelzen.

Ela ist sehr naturverbunden und kann sich mit den Elementarwesen verständigen. Diese Gabe habe ich nicht mitbekommen. Ich bin eben ein Vagabund und sehe die Welt mit anderen Augen. Ich bin sehr erdbezogen, Ela dagegen verbindet sich mit Himmel und Erde. Ich konnte das lange gar nicht verstehen. Aber allmählich beginne auch ich, nachzudenken...

Über Ela könnte ich noch viele Geschichten erzählen denn sie hatte viele Facetten...

Nun bin ich am Ende dieses Märchens angelangt. Ich hoffe, es hat euch gefallen und ich bedanke mich bei euch für eure Aufmerksamkeit.

Es war ganz still und all die Indianer samt ihren Familien blieben noch ein Weilchen ruhig sitzen, um diese Geschichte ein wenig nachwirken zu lassen. Sie konnten sich nicht vorstellen, wie es in den

Städten zuging. Viele Fragen stellten sie noch an Finn, die er ihnen gerne beantwortete. Somit lernten sie alle voneinander.

Wie lange Finn noch bei diesem Stamm verweilte ist unklar. Sicher ist, dass er mit Sicherheit nach einiger Zeit diesen Ort wiederum verließ.

Vielleicht besuchte er zwischendurch auch wieder einmal Münchhausen, um seine Erlebnisse und Geschichten zu erzählen... wer weiß...

Weltkatzentag

Mein Name ist Sokrates

Weltkatzentag

So feierte Sokrates seinen Weltkatzentag!

Er feierte seinen Ehrentag sehr ausgiebig. Frauchen Anita bemühte sich natürlich sehr, ihm zu Ehren, mit Leckereien zu verwöhnen.

Jedoch wie üblich war er sehr wählerisch. Provokant scherte er mit seinen Samtpfoten den Fressnapf zur Seite, weil ihm dieses Futter heute einfach nicht behagte. Frauchen wurde daraufhin sehr zornig und tadelte ihn lautstark.

„Sag einmal, was bist du denn für ein schlimmer Racker. Man bemüht sich und du bist unmöglich. Pfui, schäme dich!"

Natürlich verstand Sokrates, das Frauchen wütend war, und schlich trotzig und beleidigt davon. Er verkroch sich im Nebenzimmer und wartete darauf, dass sich die Wogen möglichst bald glätten mögen.

„Hoffentlich beruhigt sie sich bald", waren seine Gedanken.

Frauchen war heute aber wirklich böse auf ihn, sie würdigte ihn keines Blickes. Daraufhin schnappte sie ihr Fahrrad und fuhr ins Grüne, um sich abzureagieren.

„So etwas Undankbares, andere Katzen wären froh, wenn sie solche Leckereien bekommen würden", grollte es in ihrem Innersten weiter. Sie fuhr nun durch ihren geliebten Auwald, und lauschte dem Gezwitscher der Vögel. Es war ein herrlicher Tag mit strahlend blauem Himmel. Lange hielt sie sich dort auf, ehe sie wieder die Heimfahrt antrat.

„Was wird er wohl tun, der kleine Schlingel?" dachte

Anita schon wieder versöhnlich bei sich. „Ob er schon wieder auf meinen Hausschuhen ruht und auf mich wartet?"

Endlich wieder daheim angekommen, sperrte sie die Tür auf und trat ein.

„Ja wo ist er denn mein kleiner Strolch?" rief sie.

Er lag nicht auf ihren Schuhen, nein. Anita hörte ihn nur durch die Wohnung sausen, wo er auf dem glatten Fußboden dahin rutschte.

„Ja was machst du denn schon wieder?"

„Miau, ich spiele!"

„Ach, du spielst. Womit denn? Ich komme gleich zu dir!"

Nun ging Frauchen durch die Räume, um nach ihm  zu sehen. Siehe da, da saß er nun ganz nervös. Er klapperte mit seinen kleinen Zähnchen und gab eigenartige Geräusche von sich.

Ganz befangen guckte er an die Zimmerdecke.

„Ja, was siehst du denn da oben? Oh, das ist ja eine ganz große grüne Heuschrecke!"

„Miau, schau jetzt sitzt sie da oben, aber sie kann fliegen und spielt mit mir. Wenn sie wieder zu fliegen beginnt, renne ich ihr hinterher! Das find ich lustig und spannend. Miau."

Nun sitzt er da unten am Boden und lässt seine Beute nicht aus den Augen. Ganz aufgeregt klappert er weiterhin mit seinen kleinen spitzen Zähnchen, die sehr scharf werden können, wenn er zubeißt.

Frauchen hatte ein ganz mulmiges Gefühl bei dem Anblick der großen Heuschrecke.

„Irgendwie ist sie ja auch schön, aber nicht in meiner Wohnung. Trotzt allem, auf Heuschreckenjagd gehe ich jetzt sicher nicht. Sie sitzt jetzt ohnehin hoch oben an der Decke. Ich denke dort wird sie auch bleiben. Wenn ich schlafen gehe, öffne ich dann das große Fenster, da wird sie dann schon ins Freie fliegen", dachte Anita. Nun verließ sie den Raum und kümmerte sich nicht weiter darum.

Sokrates dagegen blieb unbeweglich sitzen und ließ sie nicht aus den Augen.

„Somit hat er wenigstens eine Beschäftigung", war Frauchen zufrieden.

Anita bereitete sich einstweilen ihr Abendessen her.

Plötzlich hörte sie ihren Kater durch das Zimmer sausen. Als sie Nachschau hielt, musste sie feststellen, dass die dumme Heuschrecke ihren sicheren Ort verlassen hatte und somit Sokrates Opfer wurde.

„Wie das vor sich ging? Keine Ahnung!"

Er fand es lustig, die arme Heuschrecke durch die Luft zu schleudern. Diese stellte sich nun tot und der Kater beobachtete nun das Geschehen.

„Warum spielt sie denn nicht mehr mit mir? Ist die langweilig", war seine Körpersprache. Nun war er, laut seiner Gestik, im Begriff das Feld zu räumen. Das Spielzeug war für ihn nicht mehr interessant.

Frauchen ekelte es und sie hatte ein unpässliches Gefühl in der Magengegend.

Rasch holte sie nun die Mistschaufel und den Besen, um die Heuschrecke auf den Balkon zu bringen und ihr die Freiheit zu schenken. Leider war es schon wieder zu spät.

Unvorsichtig wie diese Heuschrecke war, begann sie wieder zu krabbeln. Das hätte sie lieber nicht tun sollen.

Mit Begeisterung machte der Kater einen Luftsprung und schoss sie mit seiner flinken Pfote unter die Wohnzimmerbank. Anita ekelte es abermals und konnte diese Heuschrecke mit dem kleinen Besen nicht erreichen.

Sokrates lag nun ganz flach am Boden und lauerte weiter nach der Heuschrecke, in der Hoffnung, dass sie vielleicht wieder hervorkroch.

Anita war es nun zu bunt. Sie räumte alles weg, ging zu Bett und schloss hinter sich die Schlafzimmertüre.

Jedoch das war wohl noch nicht alles. Nächsten Morgen erwartete Anita die nächste Überraschung.

Als sie morgens aufstand und die Schlafzimmertüre öffnete, saß Sokrates schon miauend davor.

Schlaftrunken ging Frauchen in den Abstellraum, um für Sokrates eine Futterdose zu holen. Wie üblich ging sie damit in die Küche, um ihn zu füttern.

Doch wie sah es denn da aus?!

Der rote Fleckerlteppich war zu einem großen Knäuel zusammengeschoben.

„Sag, wie hast du denn da gewütet! Da schaut es ja schrecklich aus."

Katerchen ließen Anitas Worte kalt. Er genoss seinen feinen Thunfisch und ließ sich bei seiner Mahlzeit nicht stören.

Frauchen entwirrte nun den Teppich und siehe da, was lag da mitten drinnen?

Es war die Heuschrecke, die wohl doch noch von der Bank hervorgekrochen war und so ihr bitteres Ende fand.

Auf nähere Einzelheiten wollte Anita gar nicht mehr eingehen. Der Appetit auf ein gutes Frühstück war nun dahin. Unberührt dessen, schleckte sich Sokrates sein Maul ab und ging von dannen, um sich zu entspannen...

Soviel zum Weltkatzentag ...

Sinnsuche

Sinnsuche

Es war einmal ein Pilger, der auf dem Weg der Sinnsuche war. Er wanderte Tage, Wochen, ja Monate lang, um zu sich zu finden. Eines Tages war er an einem Hügel angelangt und blickte ins weite Land. Es war in dieser Weite eine unendliche Freiheit zu spüren. Er war so fasziniert von diesem Anblick, sodass er sehr lange auf diesem Hügel verweilte.

Es wurde dunkel und plötzlich klopfte ihm jemand auf die Schulter. Er merkte gar nicht, dass sich jemand näherte, so versunken war er in der Faszination dieses Ortes. Es war ein alter weiser Mann mit einer nicht allzu auffallend leuchtenden Laterne in der Hand. Er war mit einer grauen Kutte bekleidet.

Leicht geschockt drehte er sich um, und dachte: „Es muss wohl ein Mönch sein. Hast du mich jetzt erschreckt, woher kommst du so plötzlich? Ich habe gar nicht gemerkt, dass sich jemand nähert."

„Du brauchst dich nicht zu erschrecken, ich bin ein Mönch und lebe als Eremit hier in der Nähe. Jedoch habe ich die Absicht, wieder weiter zu wandern, mich vielleicht wo anders, in den Bergen niederzulassen. Neues zu erforschen, darüber muss ich aber noch nachdenken und in mich gehen. Was tust du so allein in der Dunkelheit?"

„Du sollst wissen, ich bin auf der Sinnsuche und pilgere schon Monate lang umher. Oft denk ich mir, es ist alles vergebens. Ich will ganz einfach mich und den Sinn des Lebens erforschen und verstehen. Ich brauche diese Weite, das Gefühl der Freiheit, der hier auf dem Hügel mit der weitreichenden Aussicht so spürbar ist. Aber wo wird`s mich wohl hintragen? Du scheinst deinen Weg schon gefunden zu haben, aber ich tappe immer noch im Dunkeln und weiß nicht, wofür ich da bin."

„Auch ich war einmal so wie du auf der Suche. Was denkst du, wie lange ich gesucht habe, bis ich meinen Platz gefunden habe. Nun lebe ich als Eremit und habe das Gefühl angekommen zu sein. Es ist ein Leben mit meiner Seele, auf du und du. Sie wohnt in meinem Herzen. Sie ist mein bester Freund und flüstert mir immer zu, was ich tun oder lassen soll. Danach richte ich mich. Manchmal überhöre ich sie auch, das ist dann meist zu meinem Nachteil", schmunzelte der Einsiedler und plauderte weiter. „Seit einiger Zeit habe ich das Gefühl, als hätte ich an diesem Ort, wo ich jetzt lebe, schon alles erledigt, was für mich zu erledigen ist. Irgendwie war ich hin und her gerissen und es macht mir auch keinen Spaß mehr hier zu sein. Da meldete sich meine Seele und flüsterte mir zu, mir einen neuen Ort zu suchen, um dort für einige Zeit oder auch für immer zu verweilen, um anderen suchenden Menschen mit Rat und Tat zur Seite zu stehen." Verstehst Du?

Nun meinte der Pilger: „Manchmal habe ich das Gefühl, dass meine Seele sehr wohl zu mir spricht. Ich denke mir dann, das bilde ich mir nur ein und ignoriere es. Wenn nun etwas nicht so läuft, wie ich mir das vorgestellt habe und ich auf die Nase falle, wurde mir sehr wohl bewusst, dass mir meine leise innere Stimme zu etwas anderem geraten hatte. Ich muss einfach achtsamer werden."

Ach tröste dich", meinte der Mönch. „Was glaubst du, durch wie viele düstere Täler ich gegangen bin, bis ich meinen Weg gefunden habe. Mein Pfad war vorgegeben, doch musste ich ihn erst auf vielen Umwegen entdecken. Es war und ist der Weg des Eremiten.

Als ich noch jung war, hatte ich eine Begegnung mit einer Adeligen. Eine sehr attraktive, intelligente aber auch weise Frau. Sie war sehr klug und hatte enormes inneres Wissen, was mir erst einige Zeit später klar wurde. Sie lud mich zu sich ein und ganz unverbindlich durfte ich sie auch unangemeldet besuchen. Wir hatten uns so viel zu erzählen und ich hörte ihr gerne zu, denn sie gab viel von ihrem tiefen Wissen preis. Auch ihr schwarzer Kater war beeindruckend. Die beiden waren ein Herz und eine Seele. Jedoch als ich des Öfteren zu Besuch kam, wurde ihr, ihr kleiner frecher Kater für kurze Zeit untreu. Er schlängelte sich um meine Beine und schnurrte genüsslich. Ein wunderschönes und schlaues Tier, so wie diese bezaubernde Dame Beatrice auch", lächelte der Eremit warmherzig.

„Sie erzählte mir sehr viel von ihrem Leben und meinte, sie wurde in diese Familie hineingeboren, um ihre Pflicht als Adelige zu erfüllen. Ich jedoch habe die Freiheit und bin hierhergekommen, um mich weiter zu entwickeln. Ich lauschte ihren Worten und dachte, wie soll ich denn das verstehen? Daraufhin sprach ich sie nochmals an, wie sie das genau meint? Sie wandte mir ihren Blick zu und erklärte mir, du hast den Segen frei zu sein und dir deinen Weg selbst auszusuchen. Gehe hinaus in die Welt schau dich um, sie hat so viel zu bieten.

Wiederholt, mit Nachdruck sagte sie, „mache dich auf den Weg."

Sie äußerte das so eindringlich, sodass ich neugierig wurde, wie und was sie genau damit meinte. Da dachte ich mir, ist ja alles gut und schön, aber wie soll ich das anstellen.

Nun wurde sie ganz ernst und mit klarer eindringlicher Stimme schlug sie mir vor, „mache eine Reise nach Peru und sieh dich dort mal um."

Lange Zeit dachte ich über ihre Worte nach, und eines Tages entschloss ich mich, warum auch immer, diese Reise nach Peru anzutreten. Es war eine lange beeindruckende Tour.

Endlich dort angekommen beschloss ich, in ein Kloster einzutreten. Dieses Kloster war wunderschön anzusehen, außen wie innen. Ich machte dort sehr viele Erfahrungen, es war eine harte Schule. Jedoch verließ ich das Kloster als gereifter Mann, der sich entschloss, das Leben eines Eremiten zu führen. Diese Art zu leben, erfüllt nun mein ganzes Sein.

Der Pilger lauschte seinen Worten und war gerührt.

Es war schon fast Mitternacht, beide saßen auf dem Hügel und lauschten der Stille. Man könnte meinen sie zu hören. Da es stockfinster war, beschlossen sie in dieser lauen Sommernacht, an diesem Ort unter sternenklarem Himmel zu übernachten. Als sie im Morgengrauen erwachten, entschieden sie sich, gemeinsam ein Stück des Weges zu wandern. Somit erhoben sie sich, gingen zu einer nahe gelegenen Quelle und machten sich frisch. Es war ein herrlicher Morgen mit strahlend blauem Himmel und einer Prise Wind. Beide waren gut gelaunt und plaudernd marschierten sie weiter. Sie hatten sich so viel zu erzählen, die Zeit verging im Flug.

Nach einer Weile blieb der Pilger kurz stehen, sah dem Mönch in die Augen und sagte plötzlich: „Du bist so ein weiser Mann, sag gibt es denn diese feine Dame noch? Wenn ja, dann würde ich sie gerne kennenlernen."

„Ja, ich denke schon", erwiderte er. „Eigentlich eine gute Idee von dir. So könnte ich ihr nach langer Zeit wieder einmal einen Besuch abstatten."

Kurz entschlossen folgten sie den markierten Weg ins weite Land, um die besagte Dame auf ihrem Anwesen zu besuchen.

In ihrem Schlossgarten angekommen gingen sie zum Eingangstor des Schlosses und klingelten. Ein Angestellter der Dienerschaft öffnete sehr freundlich und ich bat ihn sogleich uns bei der Dame des Hauses anzumelden. Alles ging sehr rasch und wir durften sogleich den Empfangsraum betreten, wo Beatrice in Erwartung an ihrem Schreibtisch saß. Sie erkannte mich sofort und die Freude war riesengroß, als sie mich sah.

„Oh welche Freude, dich nach so langer Zeit wieder zu sehen. Wie edel du aussiehst in dem Mönchsgewand. Ich bin so stolz auf dich, dass du meinen Rat gefolgt bist. Ich war mir damals nicht so sicher, ob du diesen Weg wirklich gehen willst. Meine Hochachtung das du dich auf diese Herausforderung eingelassen hast. Ich bin überglücklich, dich so gefestigt und weise wieder zu sehen."

„Beatrice, das habe ich natürlich nur dir zu verdanken, denn ohne dich würde ich heute nicht so zufrieden und glücklich sein", lächelte der Mönch.

„Nichts zu danken, es ist meine Aufgabe neben meinen Pflichten als Adelige, auch Menschen dabei zu unterstützen, ihren Weg zu finden. Sag, wen hast du denn hier noch mitgebracht?"

„Er ist ein Pilger, ich habe ihn auf dem Hügel getroffen, an jenem Ort wo man die beste Übersicht ins weite Land hat. Wir kamen ins Gespräch und er schüttete mir sein Herz aus. Er ist auf der Suche nach dem Sinn des Lebens. Als wir so plauderten, habe ich ihm meine Geschichte erzählt. Somit wollte er dich auch kennenlernen. Das war für mich gleich der Impuls dich mit ihm aufzusuchen."

„Das ehrt mich sehr, war Beatrice erfreut. Womit kann ich euch nun dienen?"

„Vielleicht kannst du diesen Pilger auch dabei unterstützen den für ihn richtigen Weg zu finden. Das würde er sich jedenfalls wünschen, so wie du mir damals die Augen geöffnet hast. Für mich war es das Beste, was mir passieren konnte. Ich habe meine Ruhe, meinen Frieden und meinen inneren Reichtum gefunden, dafür danke ich dir."

„Also gut ihr beiden, ich lade euch heute zu meinem Dinner ein. Danach werde ich mich mit deinem Begleiter bei einer Sitzung unterhalten. Wir werden sicherlich herausfinden was für ihn das Beste ist. Es wird sich ein Weg finden, davon bin ich überzeugt."

Gesagt getan.

Nun saßen sie an einem fein gedeckten Tisch und genossen die köstliche Mahlzeit.

Danach verabschiedete sich der Mönch von Beatrice ganz rührend und wünschte dem Pilger viel Glück bei seiner Sinnsuche.

Er zog weiter vielleicht an einem neuen Ort, um neue Erfahrungen zu sammeln. Wer weiß?

Der Pilger blieb bei dieser weisen Frau zurück und erhoffte sich Unterstützung, um seinen für ihn richtigen Weg zu finden.............

Rasputin

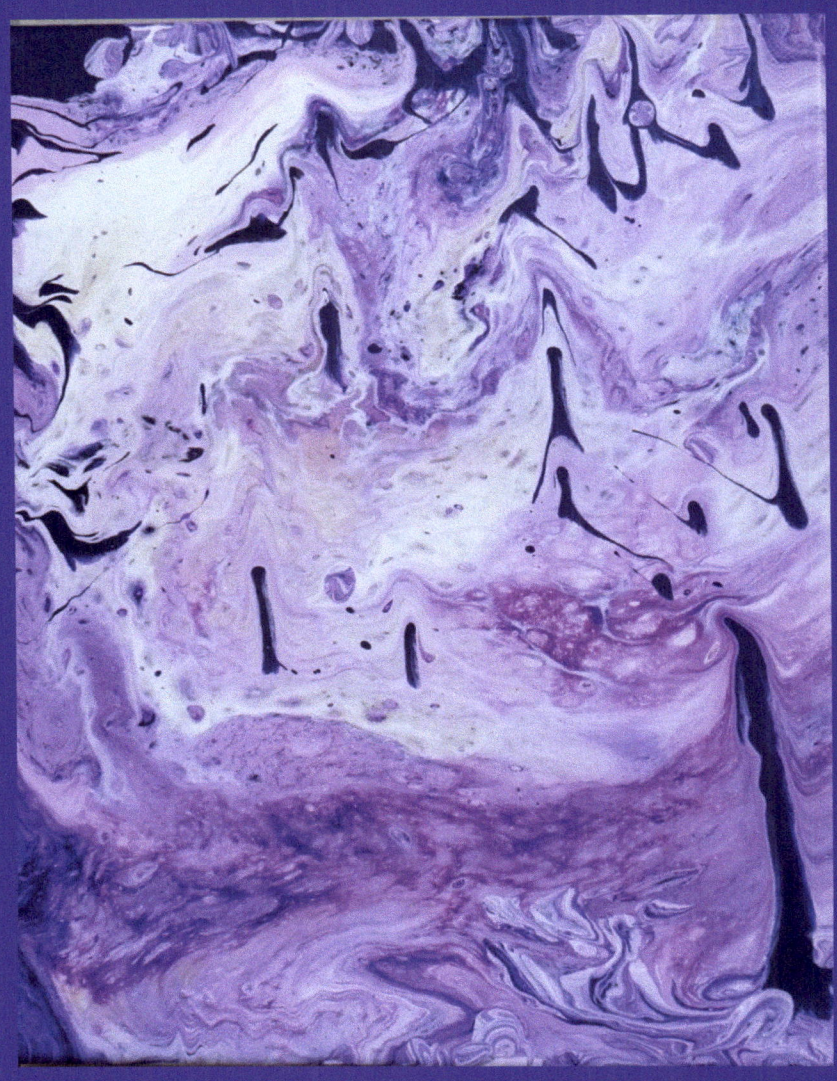

Rasputin

Es war einmal ein kleiner Junge. Im gewissen Sinne ein begnadetes Kind, denn es war ein Sternenkind. Er hatte ein sehr liebevolles, angenehmes Wesen. Oft merkte man seine Anwesenheit gar nicht, weil er so ruhig war. Es war der kleine Rasputin.

Er hatte sehr viel Wärme und Sonne in seinem Herzen. Doch er war auch ein kleiner Spitzbub. Der Schalk saß ihm im Nacken. Mit seinen beiden Geschwistern machte er so manchen Streich. Trotzt seiner Fröhlichkeit, kränkelte er sehr viel, da er hoch sensibel war. Die Zeit verging, und er entwickelte sich zu einem heranwachsenden jungen Mann.

Als jugendlicher führte er des Öfteren einen inneren Kampf mit sich, denn er war anders als all die anderen in seinem Alter. Irgendwie war es ihm zum Teil bewusst, doch er war irritiert, denn er wusste damals noch nicht, wohin ihn sein Weg führt.

Viele Hürden, die er noch nicht verstand, musste er überwinden. Es war nicht einfach und er hatte sich auch keinen einfachen Weg ausgesucht. Doch eines Tages hatte er ein besonderes Schlüsselerlebnis. Es war sein Schicksalstag.

Ab diesem Tag veränderte sich sein Leben schlagartig. Plötzlich sah er nur weißes Licht um sich herum und fühlte eine unbeschreibliche Geborgenheit, die nicht von dieser Welt war.

Von nun an merkte er bewusst, wie er mit seiner Seele oder seine Seele mit ihm auf Reisen ging. Ständig war er im Universum unterwegs.

Die Wesenheiten der anderen Welten freuten sich sehr über seinen Besuch und schenkten ihm aufgrund dessen einen goldenen Teppich. Es war ein fliegender Teppich, damit er es leichter hatte, seine himmlischen Spaziergänge zu absolvieren. Rasputin freute sich unendlich.

„Oh wie fein! Herzlichen Dank", rief er frohen Herzens seinen neuen Freunden, aus dem Kosmos zu.

Nun meldete sich eine klare, gütige Stimme aus dem Universum, die sagte: „Das haben wir für dich gerne getan. Wir werden dich noch sehr oft kontaktieren. Wir werden dich schulen, damit du unsere Botschaften unter die Menschen bringst. Es wird in Zukunft deine Aufgabe sein. Sei beschützt. Dein Geistführer Robinson."

Nun war Rasputin kurz etwas verunsichert. Doch dann erfreute er sich wieder an seinem himmlischen Geschenk. Schwupps setzte er sich auf seinen Teppich und bat ihn, mit ihm durchs All zu schweben.

„Oh, wie fühlt sich das herrlich an", gingen seine Gedanken durch den Kopf. Eine ganze Weile war er unterwegs, ehe er ganz berauscht wieder auf die Erde zurückkam. Doch damit er nicht vergisst, dass er immer wieder zurückkommen muss, schenkte man ihm ein Amulett zur Erdung und zu seinem Schutz. Rasputin war sehr dankbar darüber und trug es immer bei sich. Es war ein Anhänger mit einem kraftvollen Symbol, den er als Halskette, rund um die Uhr trug. Es war gut für ihn, dieses Amulett zu besitzen, denn er verabsäumte es sehr oft, sich zu erden. Doch jetzt muss er endlich einmal begreifen, dass er hier auf Erden zugehörig war. Jede freie Minute, die es ihm möglich machte, begab er sich ins Universum. Viele Dinge erlebte er dort, sehr schöne, aber auch weniger schöne. Doch er sah es als seine Aufgabe, diese Reisen zu tun. Er war glückselig, diesen goldenen Teppich zu besitzen. Es machte ihm Spaß, das Geschehen auf der Erde aus dem Universum zu beobachten. Unverständlich schüttelte er des Öfteren den Kopf, wenn er das Handeln und Treiben der Menschen beobachtete, während er auf seinem fliegenden Teppich saß.

Jedoch es gab auch Menschen, die ihn gerne um Rat baten, denen versuchte er dann zu helfen, sofern es ihm möglich war.

In solchen Angelegenheiten nahm er Kontakt mit seinem geistigen Führer Robinson auf, der ihm den Weg, den diese Person gehen soll, zeigte. Nun setzte sich Rasputin an seinen Schreibtisch und schrieb, alles nieder, was ihm sein Geistführer vermittelte, um dieser Person weiterzuhelfen.

Somit reiste er mit seinem Teppich immer hin und her. Mal ins All und mal wieder zurück auf Mutter Erde.

Auch mit Tieren verschiedenster Art kommunizierte er. Sie fühlten sich sehr wohl an seiner Seite.

Die Tage vergingen und Rasputin machte täglich seine Rituale.

Wieder begab er sich auf seinen Teppich, um einen kleinen Ausflug ins Universum zu unternehmen, wo ihm ganz unerwartet ein feuriger Drachen begegnete. Dieser schien von Rasputin nicht sehr angetan zu sein. Er umkreist ihn und beobachtete ihn mit seinen rot leuchtenden Augen. Immer wieder spie er auch Feuer aus seinem großen Maul.

Es blieb nicht unbemerkt, dass er etwas Übles im Schilde führte. Rasputin entgingen seine bösen Blicke nicht. Doch was solls, es war ein schöner Morgen, die Sonne strahlte vom Himmel und die Schäfchenwolken zierten ihn. Ruhig und gelassen saß er auf seinem Teppich und genoss es, durch das All zu schweben, um neue Erfahrungen zu machen. Diese Gelegenheit hatte er ja nun.

Augenblicklich verfolgte ihn der böse Drache mit seinem stechenden Blick überall hin.

„Sag, was willst du eigentlich von mir?" fragte er den Drachen.

„Was ich von dir will, das kann ich dir gleich sagen. Mir gefällt dein Teppich und den will ich haben!"

Die Blicke des Drachens waren böse und neidisch. Immer wieder spie er Feuer in Rasputins Richtung.

Abermals fragte Rasputin den Drachen: „Sag was schaust du so böse und warum greifst du mich an mit deiner Feuerzunge?"

„Ich schaue nicht böse, ich bin es. Ich will deinen fliegenden Teppich. Mich gibt es schon viel, viel länger als dich, aber mir hat noch niemand einen goldenen fliegenden Teppich geschenkt. Ich möchte wissen, womit du das verdient hast", grollte der Drache.

„Ich fürchte dich nicht, glaube mir", erwiderte Rasputin ruhig und gelassen.

„Das werden wir ja sehen", rief der Drache gehässig zurück, und ging mit seiner Feuerzunge auf Angriff.

Doch was der Drache nicht wusste, war, Rasputin hatte zwei Meter rund um sich einen unsichtbaren

Schutz aufgebaut. Somit konnte das Feuer nicht zu ihm durchdringen. Es war das Symbol auf seinem Amulett, das ihm diese Kraft und diesen Schutz gab.

Als der Drache merkte, dass er nicht verletzlich war, wurde er noch wütender und schrie ihn an, so laut er konnte: „Du sitzt fast täglich auf deinem fliegenden Teppich und lässt dich überall hinbringen, wohin du willst. Ich dagegen muss überall aus eigener Kraft, aus eigenem Antrieb fliegen. Du hast keine Ahnung, wie viel Kraft es mir kostet, mich durch Raum und Zeit zu bewegen. Immer muss ich neues Feuer entfachen, um weiterzukommen. Und du? Was machst du? Du sitzt bequem auf deinem Teppich und tust gar nichts! Wie kommt das, kannst du mir das erklären?"

„Ja mein lieber Drache, jeder hat so seine Aufgabe oder Bestimmung hier auf Erden. Du hast dich eben anders entschieden als ich. Deshalb musst du eben auch anders leben als ich. Verstehst du?"

Vor Wut blähte sich nun der Drache auf. Seine Augen funkelten glühend rot und mit überdimensionalem Laut spie er Feuer aus seinem Rachen. Der Laut verbreitete sich im ganzen Universum. Doch plötzlich resignierte er und brach in sich zusammen. Nun war er nur mehr ein heulendes Elend und brach in Tränen aus.

„Ich will ja auch nur so sein wie du, aber ich kann es nicht", heulte ihm der Drache schluchzend ins Ohr.

Rasputin erbarmte nun dieser Drache, als er ihn so kläglich vor sich sah. Nun spürte er in sein Herz hinein und eine wunderschöne rosarote Rose öffnete sich und erblühte. Das Licht dieser Rose die nur Liebe ausstrahlte, war so kraftvoll, dass er beschloss den Drachen damit einzuhüllen, um ihn und besonders seine Seele zu heilen.

Ganz verschämt und demütig nahm nun der Drache dieses rosarote Licht der Liebe an und seine Tränen versiegten.

Versöhnlich meinte nun Rasputin: „Wenn du willst, lade ich dich gerne einmal ein mit mir auf dem goldenen Teppich zu fliegen."

„Gerne", meinte der Drache zögerlich, und ein zartes Lächeln war in seinem Gesicht zu bemerken. Seine Augen wurden lieblich und all sein Neid und Groll waren aus seinem Antlitz verschwunden.

Er entschuldigte sich für sein böses Verhalten ihm gegenüber und meinte: „Sei mir bitte nicht mehr böse, ich hatte es zu diesem Zeitpunkt nicht besser gewusst. Ich werde mich jetzt eine Zeitlang zurückziehen und über deine übermittelten Worte nachdenken."

„Wie du meinst", erwiderte Rasputin. Er war ein wenig verwundert und gerührt, über diese plötzliche Wandlung des Drachen, denn damit hätte er nicht gerechnet.

Nun erhob sich der Drache, breitete seine Flügel aus und flog zurück ins Reich der Drachen. Als sie kurze Zeit so nebeneinander schwebten, rief er Rasputin eilends zu: „Eines Tages werde ich wieder kommen und dann werde ich mich zu dir auf deinen goldenen Teppich setzen. Darauf freue ich mich schon sehr."

Nun beschleunigte er seinen Flug mit einem zarten Drachenfeuer und weg war er.

Auch Rasputin war froh das zwischen ihnen Frieden eingekehrt war, und schwebte auf seinem Teppich entspannt durchs Universum weiter

Wachträume

Es war an einem der ersten Frühlingstage im März. Jessica war an diese warme ungewohnte Temperatur noch nicht gewöhnt, deshalb wurde sie schrecklich müde. Somit ging sie sehr früh zu Bett, war sofort eingeschlafen und begann zu träumen.

In ihrem Traum sah sie sich vor einem uralten verwitterten, dunklem Tor stehen. Sie öffnete es, ging durch und stand plötzlich auf einer großen weiten Wiese. Es war eine Almwiese die teilweise von einem hohen Wald umgeben war. Die Wiese neigte sich steil bergab und man konnte über die Bäume des Tannenwaldes hinweg sehen. Auch eine Bank stand einladend am Wegesrand, um den Ausblick zu genießen, der an diesem Tag sehr sonnig und freundlich war. Man konnte auf ein Schloss und dessen gepflegten Schlossgarten sehen.
Jessica blickte sich nun kurz um, und spazierte in Richtung dieses Anwesens. Plötzlich stand sie vor einem gläsernen Aufzug. Einladend öffnete er sich.
Verwundert und neugierig, wie sie war, stieg sie ein. Sie drückt auf einen Knopf und fuhr empor.
Sie war sehr hoch nach oben gefahren. Als sich die Aufzugstür öffnete und sie ausstieg, stieg sie ins Leere. Zu ihrem Entsetzen stürzte sie in die Tiefe. Sie war geschockt, als sie unten ankam. Eine innere Stimme forderte sie auf, erneut hochzufahren.
Nun bat sie ihren Schutzengel um Hilfe.
Dieser hüllte sie in grünes Licht ein, zu ihrem Schutz. Somit folgte sie ihrer Aufforderung. Mutig wie sie

war, vertraute sie ihrer Eingebung und probierte es abermals. Verunsichert aber tapfer machte sie sich wieder auf den Weg zur Aufzugstür. Sie stieg ein und drückte bewusst auf den Knopf in eine noch höhere Etage. Als sie abermals oben angelangt war, schaute sie ganz vorsichtig vor die Ausstiegstür, um nicht nochmals in die Tiefe zu stürzen. Erfreulicherweise hatte sie nun einen festen Boden unter den Füßen. Es war ein gepflegter Rollrasen, den sie jetzt betrat.

Jedoch dieses Mal war sie sehr achtsam. Es entging ihr nicht, dass rechter Hand des Ausstieges ein gefährlicher Abgrund zu sehen war. Die Gefahr wieder in freiem Fall ganz tief zu stürzen war groß.
Ein unangenehmes Gefühl stieg in ihr hoch. Sofort wandte sie den Blick vor dem tiefen Abgrund ab und schaute in die entgegengesetzte Richtung. Nun wechselte sie die Seite und ging Linkerhand den Weg entlang. Somit war die Gefahr gebannt und eine endlose Fläche breitete sich aus. Gefahrlos konnte sie nun ihren Spaziergang fortsetzen.
So schlenderte sie des Weges und suchte einen Platz, um sich zu entspannen. Sie ging durch breite belebte Straßen und Alleen, wo ihr plötzlich ein wunderschöner Baum ins Auge fiel. Er war enorm groß und kräftig. Wie magisch angezogen steuerte sie auf ihn zu und setzte sich zu seinen Wurzeln, um seine Nähe zu genießen und sich an seinem kräftigen Stamm anzulehnen. Einige Stunden verharrte sie an diesen Ort, denn dieser Baum strahlte eine starke Geborgenheit aus, die ihr fehlte. Mit seinen langen Ästen und kleinen zartgrünen

Blättern streichelte er ihr liebevoll übers Gesicht. Er spendete ihr viel Wärme, Fröhlichkeit und Lebensfreude.

Sie verstanden sich ohne Worte und genossen die ersten Sonnenstrahlen die sie erwärmten und fröhlich stimmten. Man hatte das Gefühl, als würde der Baum lachen. Alles wirkte so bunt und lebendig.

 Jessica erblickte auch kleine Elfen und Zwerge mit roten Zipfelmützen. Diese tummelten sich auf der blühenden Wiese in der Nähe des Baumes auf dem Rasen. Sie fühlte sich so wohl und erfreut mit diesen Wesenheiten, dass sie am liebsten von hier gar nicht mehr weggehen wollte. Dies spürte der Baum und bestärkte sie, doch wieder zu kommen, wenn ihr danach zu Mute ist. Da wurde es Jessica leichter ums Herz. Somit konnte sie sich von diesem Standort eher lösen, um weiterzuziehen und neue Erfahrungen zu sammeln.

Nun erhob sie sich von diesem gemütlichen Ort. Sie bedankte sich bei dem Baum für seine liebevolle Gastfreundschaft und zog erleichtert und neugierig weiter auf Entdeckungsreisen. Planlos spazierte sie nun des Weges. Sie ging durch dünn besiedelte Straßen, kam bei kleinen Parks vorbei, in dessen Nähe auch eine Kirche stand. Es war eine kleine Dorfkirche mit roten Zwiebeltürmen und gelben Anstrich. Von außen ganz nett anzusehen. Dies war lediglich eine Feststellung, denn sie hatte kein Interesse daran hineinzugehen. Für Jessica strahlte diese Kirche nur Widerwille und Abneigung aus, somit wollte sie so rasch als möglich das Weite suchen.

Doch da war sie schon wieder diese innere Stimme. Willst du nicht hineingehen?

Erneut breitete sich in ihr Widerwillen aus. Sie riskierte einen kurzen Blick in das Innere des Kirchenschiffs. Entsetzen löste sich in ihr aus, als sie die viele dunkle Energie wahrnahm. Somit suchte sie gleich das Weite.

Doch diese Stimme ließ nicht locker und meinte: „Lass dich von Erzengel Michael unterstützen. Hülle dich ein in seinen blauen Schutzmantel, danach betrete erneut die Kirche, du wirst die Veränderung spüren."

Ihre Begeisterung hielt sich in Grenzen. Doch warum nicht dachte sie, und tat dies, was ihr ans Herz gelegt wurde. Sie hüllte sich in den blauen Schutzmantel und vorsichtig näherte sie sich abermals dem Kirchentor. Bevor sie eintrat, schickte sie vorsorglich hellblaues Licht durch den Eingang in das Innere der Kirche.

Plötzlich merkte sie, wie sich die Energie veränderte. Teilweise wich die Dunkelheit zurück und es wurde heller. Vielleicht hätte sie mehr Geduld haben sollen, um die Kirche gänzlich zu erhellen. Doch diese Ruhe hatte sie zurzeit nicht.

Gleich beim Eingang, wo es noch eher düster war, stand eine dunkle altrosaschwarz marmorierte Marmorsäule mit dem Weihwasserkessel obendrauf. Die Ausstrahlung dieses Weihwasserbeckens war nicht sehr einladend. Trotzdem ging sie mit einem leicht schaurigen Gefühl daran vorbei.

Langsam spazierte sie nun Schritt für Schritt Richtung Altar, wo es immer heller wurde. Dort stand ein Priester mit dem Gesicht dem Tabernakel zugewandt. Er trug ein grünes Messgewand und einen weiß gestickten Umhang, wo er in seinen Handlungen versunken war. *Er dürfte sich auf die Taufe dieses Babys, das sich samt Familie in der Kirche befand, vorbereitet haben.*

In einem etwas größeren Abstand des Altars stand rechts davon ein Taufbecken. Auf den ersten Blick wirkte es ganz neutral. Somit näherte sich Jessica und begutachtete es. Auch der Priester und die Familie gingen nun auf das Taufbecken zu, um die Taufe zu vollziehen.

Jessica blieb auf ein wenig Distanz zu der Familie stehen, denn sie wollte sich einmal so eine Taufzeremonie ansehen. Plötzlich sah sie vor ihrem dritten Auge Bilder aufsteigen. Es war ein kleines nacktes Baby, deren Energie immer dunkler und dunkler wurde, bis sie am Ende schwarz war. Auf Jessica wirkte das Taufbecken düster und unheimlich.

Jessica wusste nun, dass sie handeln musste. Sie ließ weißgoldenes Licht, um und in dieses kleine Wesen einströmen, um die Dunkelheit aufzulösen und zu vertreiben. Jedoch konnte dieses zarte Baby diesen hellen Strahl nicht halten. Kaum dachte Jessica, jetzt ist es vollbracht, versuchte die Dunkelheit sich durchzusetzen. Immer wieder aufs Neue sickerte diese negative Energie durch diese winzige Öffnung im Kronenchakra. Jessica gab nicht

auf und platzierte geistig, ein Käppchen aus mattgoldenem Metall auf das Köpfchen des Babys. Somit war das Kronenchakra endlich geschlossen. Jetzt konnte nichts mehr eindringen, was dem Baby Schaden zufügen könnte. Es war für Jessica so, als wäre es ihre Aufgabe gewesen, diesem Kind sein Licht wieder zurückzugeben. Aus irgendeinem Grund war es diesem zarten Wesen abhanden gekommen.
Der Priester, der von all dem nichts mitbekam, beendete die Taufe mit einer Segnung.
Daraufhin ließ Jessica das Geschehen hinter sich und verließ nachdenklich die Kirche.
Eine geraume Zeit verfolgte Jessica dieses Erlebnis. Jedoch dann ließ sie das Erlebte hinter sich und spazierte auf einer Promenade dahin.

Die Sonne strahlte vom Himmel und frohen Mutes schlenderte sie des Weges, als ihr plötzlich ein junger schlanker Mann so Mitte dreißig entgegenkam. Er wirkte sehr stattlich, trug einen hellgrauen Hut mit dunkler Schleife als Modedesign. Plötzlich kam er ihr so bekannt vor. Auch er erkannte sie sofort wieder und freudig lachend begrüßten sie sich. Kurzerhand beschlossen sie ein nettes Lokal zu besuchen. Gleich in der Nähe entdeckten sie einen sehr gepflegten Gastgarten, wo sie in einer Laube einen abgeschirmten Platz fanden. Nun bestellten sie Kaffee und Kuchen, um ganz ungezwungen zu plaudern. Es wurde ein sehr lockeres, amüsantes Gespräch.
„Es ist wohl schon lange her, als wir uns das letzte Mal in Paris trafen", meinte er und bemerkte weiter „ich hätte sie damals gerne wiedergesehen, aber sie

sind mir vorschnell entwischt."

Lachend erwiderte sie: „Sie hatten mich in ihr Gespräch so verwickelt und vereinnahmt, da musste ich einfach flüchten."

Angeregt plauderten sie vergnügt und wohlgelaunt weiter, denn sie hatten sich noch sehr viel zu erzählen.

Wenn man sie so betrachtete, waren sie ein hübsches Paar, beide vornehm und elegant gekleidet.

Die Zeit verging im Flug und nun war es wieder soweit aufzubrechen. Lächelnd standen sie vor dem Lokal und verabschiedeten sich. Es war für beide eine unbefangene, nette Begegnung.

Unbekümmert setzten sie nun ihren Weg, den sie vorher unterbrochen hatten fort...

Ob sie sich jemals wieder begegnen, wer weiß?

Plötzlich schrillte der Wecker. Jessica war noch ganz benommen und flüsterte leise vor sich hin, „Oh Gott, es ist schon wieder Zeit zum Aufstehen."

Welch spannende Träume. Schade, dass sie schon wieder zu Ende sind. Die Realität hat mich wieder und ich freue mich auf den neuen Tag...

Abenteuer
Leben

Abenteuer Leben

Auf unserem Planeten leben sehr viele Menschen und wir sind nicht alleine. Viele Himmelskörper schwirren im Universum umher.

Überall gibt es Leben in einer anderen Form. Viele Planeten nehmen Kontakt mit Mutter Erde auf, ohne dass uns dies bewusst ist. Sie setzen Impulse zur Erdkugel, dass sehr vielen Menschen zu schaffen macht. Durch die derzeit starke Einstrahlung der Energien anderer Planeten aus dem Universum, wird die Menschheit sehr stark belastet.

Sie klagen über Befindlichkeitsstörungen, wie Müdigkeit, Lustlosigkeit, Konzentrationsstörungen, Schlaflosigkeit, Burnout und so weiter. Sie kommen mit dem Leben nicht mehr zurecht, denn alles geht rasend schnell voran. Sie fühlen sich erschöpft, aus der Bahn geworfen und wissen oft nicht weiter. Somit sind sie dann des Öfteren gezwungen ihre Lebensweise, ihr Leben zu ändern, um wieder ins rechte Lot gerückt zu werden. Es gibt kein Wesen hier auf Erden ob Mensch, Tier oder Pflanzenwelt, dass davon nicht beeinflusst wird. Doch wir Menschen haben den freien Willen Entscheidungen zu treffen. Wir müssen uns nicht in den Strudel runterziehen lassen. Wir können entscheiden, neue Wege zu beschreiten. Unsere Welt ist im Wandel ohne Wenn und Aber.

Jedoch ein Menschenkind von dem Planeten Erde will ich in dieser Geschichte hervorheben. Ich möchte *ihr Dasein von einer anderen Sicht der Dinge beschreiben.*

Wie wir bereits wissen ist unsere Erdkugel ständig in Bewegung und Veränderung, so wie das ganze Universum auch.

Nun wenden wir uns diesem Kind zu, das ein wenig sensibler ist wie die meisten Menschen. In ihren Träumen und Meditationen spaziert es am Rande, des Planeten umher. Es sieht hinein in das Chaos, das sich in der Dichte auf Mutter Erde abspielt.

Es geht, schaut und denkt, oh wie geht's denn da zu? Unfassbar, nur ein einziges Wirrwarr. Sophie, so heißt dieses Kind, ist komplett überfordert von diesem unüberschaubaren Hexenkessel. Alles bewegt sich riesenschnell. Sie bekommt es mit der Angst zu tun und sucht nach einem sicheren Halt. Kaum glaubt sie, sich sicher zu fühlen, rutscht sie wieder ab und versucht anderswo ihre Sicherheit zu finden. Ständige Angst verfolgt sie. Sie spürt das sich alles bewegt, doch wohin geht die Fahrt? Gerne hätte sie ein sicheres Ziel. Sie sucht und sucht und alles dreht sich im Kreis. Nirgends findet sie einen Punkt, wo sie sagen könnte, dort zieht es mich hin, an diesem Ort will ich sein. Soviel weiß sie, in dieses Chaos will sie nicht. Somit beschließt sie, eine Reise außerhalb dieser Wirrnis zu unternehmen.

Doch sie ist unsicher und hat Angst.

Auf welche ungewisse Reise soll sie sich begeben? Wie könnte es denn an jenem Ort sein? Wie schaut es dort aus? Nun steht sie auf einem stabilen Platz und hält Ausschau. Wohin jetzt mit mir?

Da sagt ihr eine innere Stimme: „Mach doch ein paar

Schritte weg von deinem vermeintlich sicheren Ort. Es gibt keine Sicherheit, du bist überall willkommen oder auch nicht. Das ist das Abenteuer des Lebens. Versuch es, sei mutig, du kannst es. Mache eine geistige Reise, lasse das Chaos, Chaos sein, du weißt, wo der Weg hingeht, in die Ruhe in die Einheit. Alles ist eins. Du kannst sehr gut unterscheiden, du musst es nur tun. Du weißt es, hab Mut, dafür wirst du belohnt. Es ist spannend auf eurer Erde. Solange du dort verweilst, bist du beschützt und wirst geführt. Also los, mach deine Schritte, deine Erfahrungen. Was kann schon sein, du kannst nur lernen und ihr Menschenkinder seid alle da zum Lernen. Einige müssen oft ihre Klassen wiederholen. Willst du das auch? Das glaube ich nicht, ich denke, du hast große Chancen zu wachsen. Du bist eine Eingeweihte, du bist nicht blind. Also öffne deine Augen bewusst, und wachse über deine Grenzen. Öffne dich, verändere dein Denken, erneuere deine Lebensweise. Es ist dein Leben, nur dein Leben. Wir helfen dir dabei, doch du musst die Schritte setzen. Alles bewegt sich, das ganze Universum und du kannst dich selbst entscheiden, wie du dich bewegst. Dein Weg ist vorgezeichnet, suche den roten Faden. Wenn du aufmerksam bist, wirst du ihn sicher finden. Setz dir ein Ziel, das du verfolgst, diese Zielsetzung soll erhellt sein! Freudig sein!

Genieße die Natur, die sich jedes Jahr erneuert. Erneuere auch dich, es wird dir guttun. Es gibt so vieles, woran man sich erfreuen kann. Lass die alten Dinge zurück, sie sind Vergangenheit. Wenn ein alter Baum nach vielen, vielen Jahren stirbt, wächst ein

Neuer, der viel kräftiger und saftiger ist als der Alte. Die Menschen erfreuen sich seiner Frische, wenn ihr Herz offen ist. Verstehst du?"

„Ja, ja", sagt das Kind „ich habe verstanden."

„Du kannst so viel in Bewegung setzen, wenn du dich veränderst, dir Mut machst und ein Ziel verfolgst. Lass all dein Sicherheitsdenken. Es gibt keine Sicherheit.

Wir, die geistigen Wesen aus dem Universum, sagen dir das. Vertraue, vertraue auf dich und Gott. Gehe deinen Weg in kleinen Schritten, dann kann dir nichts geschehen und du wirst weder abrutschen noch fallen. Du weißt, du wirst von einer höheren Macht aufgefangen. Du fällst immer wieder auf die Füße. Also mach deinen ersten Schritt."

„Ok", sagte das Kind etwas zaghaft, „ich verstehe, was du meinst, und ich werde mich bemühen meine Gewohnheiten zu ändern, vor allem mein Denken. Deine Äußerung über die Natur hat mich wachgerüttelt. Sobald als möglich werde ich mich wieder der Schöpfung widmen, um neue Kraft und Lebensfreude zu tanken. Dieses Ziel habe ich mir jetzt gesetzt."

So beschloss dieses Seelchen Sophie, ihr Leben zu verändern. Am darauffolgenden Morgen erwachte sie gut ausgeschlafen. Sie blickte durchs Fenster, sah den strahlend blauen Himmel und dachte: "Heute beginne ich mit meinen ersten Schritten zur Veränderung."

Voll Euphorie geht sie ins Bad, macht sich zurecht und nimmt ihr Frühstück ein. Danach verlässt sie ihr Haus mit der Absicht, diesen Tag einmal ganz anders zu verbringen. Denn sowie bisher will sie ihr Leben nicht weiterhin vertrödeln.

Planlos zieht sie los und lässt sich einfach treiben. Sie tut, was ihr so plötzlich in den Sinn kommt. Es ist nicht gleich die Natur, wo es sie hinzieht. Nein, sie fährt in die Stadt, in die Innenstadt, wo sie schon längere Zeit nicht mehr war. Es war, als wäre sie in eine andere Welt eingetaucht. Plötzlich nimmt sie bewusst die alten Gebäude, Brunnen und Kirchen wahr. Auch das Treiben der Menschen, die durch die schmalen Gassen und Straßen bummeln, haben ein eigenes Flair. Wie verzaubert beobachtet sie alles. Von diesen Eindrücken schöpft sie viel Kraft und erfreut sich des Lebens.

Erfüllt von den Erlebnissen kehrt sie heim und ist richtig energiegeladen. Ab nun macht sie öfters verschiedene Unternehmungen. Sie geht spazieren oder fährt mit dem Rad ins Grüne und vieles mehr.

Wenn das Wetter einmal nicht so einladend ist, bleibt sie zu Hause.

Sodann macht sie innere Reisen, die sie viel, viel weiter führen, hinaus in die Galaxien. Sie träumt von der endlosen Freiheit. Von Geborgenheit, die sie hier nicht finden kann.

Plötzlich hört sie eine Stimme, die zu ihr spricht: „Es war deine Entscheidung, hier auf die Erde zu kommen. Jetzt musst du hier deine Aufgabe, deinen Plan erfüllen. Erkenne und tue. Du wirst dafür reichlich belohnt werden."

Ungern kehrt Sophie von ihrer inneren Reise zurück.

In der Realität angekommen macht sie den nächsten Schritt vorwärts, um ihre Aufgabe hier auf Erden zu *erfüllen. Noch hat sie den richtigen Pfad nicht gefunden. Doch sie befindet sich bereits auf dem Weg des roten Fadens. Mit viel Mut zur Veränderung findet und erkennt sie ihr Ziel, das sie nicht mehr aus den Augen lässt.*

Am Teich

Still ist das Wasser im Teich.
Die Sommersonne nimmt schon ihre herbstlichen Züge an.
Ein leiser Wind streicht über das Schilf,
zwei Wildenten amüsieren sich auf einem morschen
dicken Ast.
Schmetterlinge tummeln sich, - und eine Ente schwimmt
durch das moosgrüne Gewässer und hinterlässt ein
wellenartiges Muster im Teich, das so nach und nach
wieder verschwindet.
Glückselig landet sie am anderen Ufer und erfreut sich an
den wärmenden Sonnenstrahlen.
Das Quaken der Frösche ist verstummt,
selbst die Vögel sind still und machen ihren
Mittagsschlaf.
Weiße Seeröschen strecken ihre Köpfchen heraus.
Wilder violetter Sommerflieder lässt seine Blütenpracht
bewundern.
Spaziergänger kreuzen den Weg und genießen den Ruf
der Stille.
Wolken ziehen über den Himmel, Flugzeuge mit ihrem
laut rauschenden Geräusch verschwinden teilweise
wieder hinter ihnen.

Waldleben

Die Natur erzählte ihre Geschichte

„Oh`, wie herrlich ist es hier zu tanzen, über den grünen Pflanzen", frohlockte der Schmetterling.

Die Bienen summen ihre Lieder: „Oh, wie ist es schön, auf den Blumen zu sitzen. Sich zu erfreuen an dem guten Saft, den Nektar der Blüten, die wohlig schmecken und uns glücklich machen."

Die Bäume wiegen sich im Wind, und winken den Menschen, die in ihrer Nähe sind. Sie freuen sich an den Umarmungen, und spenden als Dank ihre Kraft, die so manchen glücklich macht.

Die Vöglein zwitschern aus dem Wald. Sie sammeln sich, denn es wird Abend bald.

Der Buntspecht mit dem Schnabel hämmert gegen den Baum, und holt heraus sich den Käfer, oh welch ein Traum. Genüsslich er ihn verspeist, oh wie dreist.

Der Storch noch eine Runde dreht, bevor er friedlich schlafen geht.

Der Kuckuck ruft ganz laut kuckuck.

Fuchs und Henne sagen sich Gute Nacht und die Eule dann über alles wacht.

Die Rehlein grasen noch am Waldesrand und horchen auf, ehe die Büchse des Jägers knallt. Doch dieser ist heute friedlich gelaunt, und lässt alles Leben was ihm vertraut. Die Wildschweine grunzen, und traben ganz wild durch den finsteren Wald. Verwüstet ist die Erde, dort wo sie gerade sind.

S-förmig schlängelt sich die Schlange über den Weg ins
Gebüsch.
Die Frösche quaken im Wasser und im Teich schwimmt
der Fisch.
Die Wolken ziehen am Himmel dahin und beobachten das
Tag für Tag, sich wiederholende Spiel.
So dreht die Natur im Kreise sich, wie wunderbar hier zu
speisen sich.

Mutter Erde

einst und jetzt

Mutter Erde
einst und jetzt
19.08.2007 Botschaft einst und 28.03.2020 Botschaft jetzt

Es war einmal vor Äonen von Jahren, da gab es einen riesigen Knall. Es war der Urknall, und Mutter Erde wurde geboren.

Weit draußen im tiefen Universum stießen zwei enorm große Meteoriten aneinander und Mutter Erde löste sich, fiel ins Sonnensystem und wählte ihre eigene Aufgabe.

Danach war es erst einmal mucksmäuschenstill, stockfinster und eine gewaltig große Staubwolke umkreiste sie.

Doch nach langer, langer Zeit beruhigte sich alles und ganz, ganz langsam begann sie sich zu entwickeln. Man könnte sagen, sie machte es ebenso wie die Menschheit, ganz langsam... einen Schritt nach dem anderen.

Zuerst war Finsternis, doch allmählich machten sich die Sonne und der Mond bemerkbar. Sie rückten näher in ihr Energiefeld und verhalfen ihr zu pulsierendem Leben. Rund um die Uhr war sie nun erhellt. Einmal von der Sonne, welche sie wärmte, ein andermal vom Mond, welcher sie des Nachts mit seinem mystischen Licht erleuchtete.

Nun begann Mutter Erde zu atmen... und sie freute sich.

Zum ersten Mal spürte sie ihren Herzschlag. Sie drehte sich um ihre eigene Achse und innerhalb eines Jahres wanderte sie um die Sonne, wie zur heutigen Zeit auch.

Ihr inneres Herz der schöpferischen Liebe dehnte sich aus und sie ließ Wasser entstehen. Große Meere, Seen, Bäche und Flüsse.

Es freute sie, denn es war ihr Lebensblut, welches ihr Kraft zum Wachstum gab. Es dauerte geraume Zeit, bis die ersten Keime neuen Lebens entstanden.

Erst waren es winzige Pflanzen, dann gebar sie Fische, die sich wiederum von den kleinen Pflanzen ernährten, und so begann der ewige Kreislauf. Die Fische wurden immer größer und größer, ebenso auch die Wasserpflanzen. Irgendwann gesellten sich auch größere und kleinere Raubfische dazu.

Doch die Gewässer hatten auch Ufer, an denen Mutter Erde erst einmal Pflanzen wachsen ließ. Zu Beginn sprossen kleine Gräser, bis hin zu mächtigen großen, saftigen Bäumen, die im Urwald ihre Wurzeln ganz tief in die Erde hinunterwachsen ließen und sich fest verankerten. Sie ernährten sich von dem Saft und der Kraft der Erde. Mutter Erde fühlte sich rundherum wohl, in Liebe und Harmonie, in sich selbst geborgen.

Sie atmete aus jeder Zelle ihres Seins. Man konnte es förmlich spüren, wie sich ihr Herz ausdehnte, und sie sich freute.

Sie war glücklich über jeden Sonnenstrahl, ohne den es kein Leben auf ihr geben konnte. Die Sonne war und ist ihre beste Freundin.

Doch eines Tages sehnte sie sich nach Gesellschaft außerhalb des Wassers. Es wurden Ihr Tiere geschenkt, die an Land lebten. Angefangen von den winzigsten Insekten, wie Ameisen, die fleißig im Unterholz arbeiteten. Regenwürmer, welche die Erde auflockerten und Bienen, die Blüten bestäubten und den Menschen süßen Honig schenkten. Auch andere große Tiere wie Büffel, Elefanten, welche sich von Pflanzen ernährten, belebten die Erde.

Doch eines Tages kamen nicht nur im Wasser, sondern auch an Land, Raubtiere zur Welt. Wunderschöne katzenartige Tiere, wie Löwen, Panther, Wildkatzen und geschmeidige Tiger mit ihrem wunderschönen samtig glänzenden gestreiften Fell und ihren graziösen raschen Bewegungen. Mutter Erde freute sich über diese Vielfalt der Lebendigkeit.

Als sie so gegen den blauen Himmel blickte, jubelte ihr Herz beim Anblick der großen und kleinen Vögel in ihrer bunten Vielfalt. Diese ließen sich mit ihren klaren erfrischenden Gesängen vom Himmel auf die Erde nieder.

Sie bereicherten ihr Herz und erfüllten es mit Glückseligkeit. Sie war in sich eins – so friedlich war alles noch hier auf Erden, wie im Paradies. Sie rekelte sich und dehnte sich mit ihren Atemzügen ganz weit aus...

Die Meere rauschten und spielten mit der Magie des Mondes, welcher sie hin und her bewegte. Mal Ebbe mal Flut. Die Bäume wiegten sich im Element des Windes und wenn die Sonne in manchen Gebieten allzu hitzig strahlte, entfachte das Element Feuer ihre Glut...

Schlangen bewegten sich im Unterholz des Urwaldes und im heißen Wüstensand.

Doch die wahre Ursache ihrer Entfaltung war eine noch höhere Macht.

Es war Gott, der nun meinte: „Jetzt werde ich dir, liebe Erde zur Krönung, zwei Menschenkinder schicken. Einen Mann und eine Frau. Sie mögen ihren Beitrag leisten und die Erde bevölkern, sie hegen und pflegen. Was meinst du dazu?"

Mutter Erde freute sich sehr und so geschah es dann auch. Sie war rundherum glücklich und öffnete ihr liebendes Herz, um mit viel Freude die beiden Menschenkinder zu empfangen...

Sie hatte keine Vorstellung, wie sie aussehen würden.

Nun war es soweit, dass Gott einen schönen Mann und eine ebenso schöne Frau auf die Erde sandte. So nahm alles seinen Anfang zur Weiterentwicklung. Zu Beginn war alles wunderbar und friedlich, die beiden Menschenkinder waren harmonisch eingebunden in die Natur der Mutter Erde und sie lebten nach ihren Gesetzen. Bald bekamen sie Nachwuchs und ihre Familie wurde immer größer und größer. Kein Menschenkind glich dem anderen. Jedes einzelne Geschöpf war ein Wunder Gottes. Mit der Zeit breiteten sie sich rund um den Erdball aus, zum Teil veränderten sie ihre Hautfarben und ihre Sprachen. Gott war sehr einfallsreich und kreativ.

Menschen verschiedenster Hautfarben, wie gelb, rot, weiß, schwarz, bevölkerten den Erdball. Mutter Erde freute sich über so viel Lebendigkeit auf ihrem mütterlichen Körper. Alles nahm sie bedingungslos auf, um es zu tragen, zu nähren, zu lieben und zu behüten.

Doch so einfach, wie es zu Beginn erschien, blieb es leider nicht. Die Menschen wurden neidisch und gehässig. Von diesem Moment an, geriet einiges auf Mutter Erde ganz langsam und leise ins Wanken.

Die Menschen begannen, sich den natürlichen Gesetzen zu widersetzen. Somit entbrannten Kriege, erst kleinere, die mit den Jahren immer größer und heftiger wurden. Alles, was die Menschen nicht kannten, fürchteten sie und bekämpften es. Das konnte leider schon eine fremde Sprache oder eine andere Hautfarbe sein.

Mutter Erde stimmte diese Entwicklung sehr traurig, doch die Menschen lauschten ihrer Sprache nicht, sondern stellten sich taub.

Viele Menschen waren von hoher Intelligenz und machten sich die Erde zum Untertan. Sie folgten ihrem Verstand, jedoch vergaßen sie, auf die Stimme ihres Herzens zu hören.

Sie verwüsteten den Urwald ohne Gefühl für das kostbare Leben; der Urwald ist die Lunge der Mutter Erde.

Nun ist sie gepeinigt vom Schmerz, doch ihr Weinen versickert im Lärm dieser schnelllebigen Zeit.

Man zwingt die Flüsse und Bäche in ein anderes Flussbett, das Grundwasser sinkt, der fruchtbare Boden vertrocknet, die Pflanzen sterben...

Die Erde weint und schreit vor Schmerz; aber man hört sie nicht...

Die Meere – ihr Lebensblut – werden leer gefischt...

Es werden tiefe Löcher in die Erde gebohrt, um Erdöl aus ihr zu holen. Die Meere werden verschmutzt...

Es passieren Unfälle...

Tiere sterben qualvoll...

Die Erde schreit vor Schmerz, man hört sie nicht...

Müll und Abfall werfen Menschen in die Meere und Seen. Sie missbrauchen die Natur.

Nun ist es soweit! Das Gleichgewicht der Erde gerät

aus den Fugen. Mutter Erde erleidet viele Schmerzen Ihr Atem wird immer schwächer und schwächer. Man hat das Gefühl, sie kann nicht mehr. Sie bäumt sich auf und wehrt sich mit letzter Kraft gegen das, was ihr die Menschheit antut.

Sie könnte schreien aus Verzweiflung, doch man hört sie nicht...

Die Gewässer treten über die Ufer, Meereswellen überschlagen sich, überfluten ganze Landstriche und nehmen viele Menschen mit, die nicht mit ihr im Einklang leben und sie nicht verstehen.

Nur diejenigen, die ihre Sprache sprechen, verstehen ihre Zeichen und können dieser Naturgewalt entkommen.

Doch immer wieder sticht man ihr erneut ins Herz. Sie kann den Schmerz nicht mehr ertragen, bäumt sich neuerlich auf, erzittert am ganzen Körper, Häuser stürzen ein, die Erde bricht auseinander. Ein Erdbeben folgt dem Nächsten.

Sie gerät in Panik...

Kosmische Stürme aus dem All fegen über sie hinweg, vielleicht um sie zu beruhigen, ihre Schmerzen mit der Kraft des Sturmes zu glätten, zu streicheln, auf ihre Art? Wer weiß?

Mutter Erde wehrt sich mit all ihrer Kraft und Lebendigkeit. Sie wird sich erneuern und ihre Ruhe wieder herstellen.

Sie ist eine Göttin und wird mit der Kraft ihres Herzens ihre Macht zurückgewinnen - auf das ein neues Paradies entsteht.

Die Menschen sind aufgerufen umzukehren, ehe es zu spät ist.

Die Erde wird immer leben, sie wird sich's richten,
sie war lange - lange vor uns da...............

Zum Nachdenken
Dies ist meine Wahrnehmung j e t z t.
Nun schreiben wir das Jahr März 2020.

13 Jahre sind nun vergangen und die Erde beginnt sich wiederholt zu reinigen. Schritt für Schritt holt sie sich ihr Urrecht zurück.
Trotzt dieser sensiblen Zeit, wird weiterhin der Regenwald uneingeschränkt abgeholzt. Darüber wird nichts berichtet, weder geschrieben noch gesprochen, denn es gibt nur noch Corona.
Bei allem Respekt vor diesem Virus covid-19.
Corona ist nur die Spiegelung der Erde.
Unsere Erde ist ein Lebewesen und hat Organe wie die Menschheit auch.
Der Regenwald ist die Lunge der Erde.
Wenn ihre Lunge zerstört wird, so zerstört es auch die Lungen der Menschheit, so wie es uns jetzt gespiegelt wird mit Corona. Wir brauchen die Natur, den Regenwald, damit auch wir atmen können.
Wenn die Menschen so weitermachen, wird es auch die Erde tun.
Denken wir mal über das Wasser nach, dies ist das Blut der Erde. Flüsse und Meere sind zum Teil vergiftet und vermüllt.
Die Gewässer wurden teilweise eingebettet nach unserem Willen. Ob das aber immer so richtig war? Wer weiß?

Die Erde wird sich auch in dieser Angelegenheit ihr Urrecht zurückholen.

Wie und wann das wissen wir nicht, oder noch nicht.

Wir können nur beobachten, was weiter geschieht.

Wie wir jetzt erlebt haben kann dies sehr rasch geschehen, über Nacht ohne Vorwarnung.

Corona hat es uns gezeigt...

Man könnte sagen, Mutter Erde hat Unterstützung bekommen von wo auch immer. Man erhörte sie nicht. Doch dieser kleine Virus hat große Wirkung gezeigt und alles stillgelegt. Die Umwelt beginnt sich zu erholen...

Jetzt wird die Menschheit wachgerüttelt, ob sie will oder nicht.

Umdenken und Handeln wäre jetzt angesagt...

Die Regierungen sind gefordert rasch zu reagieren. Ich habe das Gefühl, es ist schon viel mehr als fünf vor zwölf...

Viele haben diesen Hintergrund der Krise noch nicht richtig verstanden.

Es schmerzt, zu sehen wie achtlos unsere Nutztiere krank und gequält in die Schlachthöfe transportiert werden.

Die Bauern haben gebietsweise für ihre Tiere kaum Futter, weil die Wiesen und Felder ausgetrocknet sind. Es gibt kaum Regen, jedenfalls viel zu wenig.

Auch hier kommt mir der Gedanke, Ursache und Wirkung. Wie wurde und wird mit unseren Tieren umgegangen...

Diese Kettenreaktion könnte für die Menschheit eines Tages schlimme Folgen haben.

Unsere Nutztiere könnten aussterben...

Wollen wir es nicht hoffen.
Vieles wird durch Menschenhand selbst erschaffen,
das jetzt auf diese oder jene Art auf uns zurückfällt.
So dreht sich die Spirale immer weiter und weiter...
fragt sich nur, wohin wir sie lenken...

Wie gesagt, dies ist **meine Wahrnehmung**, aber es muss **nicht ihre sein.**

Die Erde im Wandel

Die Erde im Wandel

05. Juni 2013
Botschaft
Große Überschwemmungen durchquerten Österreich

Eines Tages wird man sich erzählen,
Mutter Erde im Wandel der Zeit.
Sie ist ein Planet von vielen, im tiefen Universum. Sie ist etwas ganz Besonderes. Sie ist wie eine Königin. Sie atmet und schenkt Leben, all den Bewohnern dieser Erde.

Nun ist es soweit. Sie ist bereit, ihren Körper zu reinigen. Sie hat viel erduldet was ihr die Menschheit so angetan hat. Sie konnte sich nicht wehren, als man begann den Regenwald abzuholzen, die Meere zu verschmutzen und vieles mehr...
Die Atmosphäre ist aus dem Gleichgewicht geraten. Oft warnte sie die Menschheit auf ihre Art.
Um sich mitzuteilen, ließ sie an manchen Orten dieser Erde Katastrophen zu, um auf sich aufmerksam zu machen. Doch man nahm sie nicht wahr, man ignorierte ihre Zeichen.

Nun führt sie ihre Reinigung durch.
Es ist so wie bei den Menschen wenn sie ihre Wohnung entrümpeln und putzen. Sie tut dies auf ihre Weise. Sie atmet ganz tief durch und befreit sich von den Altlasten. Strömender Regen fällt auf die Erde hernieder, dies nützt sie, um ihren Körper zu reinigen. Stürme wirbeln um den Erdball. Feuer entzünden sich. Die Erde schüttelt sich durch und bebt. Vulkane speien zum Himmel....

Immer wieder von Neuem beginnt sie sich auszuheilen. All die Energien, die von außen kommen, teilweise anzunehmen - und auch durchlässig zu werden.

Sie dehnt sich aus und macht sich frei. Denn sie lebt und zeigt ihre Kraft, die in ihr schlummert.

Die Menschheit hat sie sehr ausgebeutet und missbraucht. Jedoch sie rächt sich nicht, n e i n. Sie befreit sich nur mit all ihren Kräften, die in ihr wohnen. Sie lebt ihre Elemente aus, je nach Bedarf. Rund um den Erdball lässt sie ihre unterschiedlichen Kräfte erspüren.

Viele Stürme und Tornados ziehen durch die USA. Wilde Feuer wüten in Australien. In Europa treten viele Gewässer aus den Ufern und überfluten enorm große Flächen. Dort wo Wasser gebraucht wird, ist die Dürre. An den unterschiedlichsten Teilen dieser Welt bebt die Erde. Aus längst ruhenden Vulkanen sprüht flüssiges Feuer, die sich Lava nennt.

Rette sich wer kann, ist die Devise, so scheint es zurzeit zu sein.

Viele Menschen leben in Angst und Schrecken. Verzweifelt versuchen sie, sich vor den enormen Wassermassen zu schützen und zu retten. Panik bricht aus.

Den Menschen gefällt das nicht. Sie suchen einen Schuldigen, jemanden dessen schuld es sei, dass diese Katastrophen passieren. Die Schuld wird in die Runde gereicht, keiner will es sein. Doch jeder ist im Geringsten irgendwo beteiligt.

Wir können diesem Planeten nicht vorschreiben, durch welches Bachbett die Gewässer zu fließen haben. Tausende von Jahren hat Mutter Erde selbst bestimmt, was für ihre Natur das Beste ist. Dieses Recht holt sie sich nun wieder zurück.

Letztendlich vergaßen alle, dass wir hier nur Gäste sind und unsere Regeln einzuhalten haben.

Viele Häuser wurden an falschen Orten gebaut, obwohl man wusste, was irgendwann einmal geschehen könnte. Nun gibt es viel Leid, weil sich die Menschheit der Natur widersetzte. Der Mensch glaubt immer, es muss alles so geschehen, wie er es will.....
Viele Gesichter hat die Erde mit ihren oft tiefschwarzen Wolken, die den Himmel verhängen.
Mit ihrer teils bedrohlichen Stimmung, die sie manches Mal verbreitet, dass einem das Schaudern über den Rücken läuft, will sie auf sich aufmerksam machen ...
Aber sie überbringt auch viel Freude, indem sie die Menschen an ihrer Schönheit und ihrem Reichtum der Natur, teilhaben lässt.
Jedoch Sie ist die Königin.

**Nun haben wir das Jahr 2020
Was hat sich geändert???
Auch zur Botschaft aus dem Jahr 2013
machte ich mir so meine Gedanken.**

Ich könnte das Gleiche nochmals von mir geben. Jedoch mit dem Unterschied, dass die

Naturereignisse immer drastischere Auswirkungen annehmen.

In Australien brannte es unaufhörlich und alle Geschehnisse werden stets katastrophaler.....

Doch was hat die Menschheit daraus gelernt?

Es werden weiterhin die Bäume im Regenwald gefällt, obwohl man weiß, dass es negative Auswirkungen auf die Erde und all ihre Bewohner hat. Es ist Macht und Gier, die alles zerstört, wenn der Mensch nicht endlich beginnt aufzuwachen und umzudenken.

Der Himmel ist voll von Flugzeugen mit giftigen Abgasen von CO_2, vom restlichen Müll im All ganz zu schweigen, und so weiter...

Der Corona Virus hat es geschafft, über Nacht alles lahmzulegen.

Hier ist wohl eine höhere Macht im Spiel, die sagt, jetzt ist`s endlich genug .....

Zeit zum Nachdenken - und handeln....

Das Beste zum Wohle aller möge geschehen....

Besucher aus dem All

Besucher aus dem All.

Botschaft vom 29.10.2010

Der große Traum
oder
Vision aus dem Buddha Tempel „Borobudur"

Unser Universum ist unendlich, mit vielen Sternen und Planeten, einschließlich unserer, voll Leben strotzender, Mutter Erde, Gaia.

Viele negative Energien bewegen sich auf ihr. Wesenheiten verschiedener anderer Planeten beobachten das Geschehen auf unserer Erde schon seit ewigen Zeiten.

Sie sehen zu, wie es zugeht auf unserem Erdball. Wie die Menschheit mit einem Brett vor dem Kopf umherirrt. Es ist für sie kaum möglich, mit den Menschen Kontakt aufzunehmen, weil deren Bewusstsein nicht reif genug ist, um mit anderen Wesenheiten aus anderen Welten in Kontakt zu treten, die ihnen so viel sagen möchten.

Verzweifelt schauen sie der Menschheit zu, wie sie im Kreis rennen und alles wie in einer Tretmühle oder einem Hamsterrad durchlaufen. Immer wieder das Gleiche, nichts bewegt sich aus diesem monotonen Kreislauf heraus.

Ein kleiner Teil der Menschheit versucht schon den Kreis zu durchbrechen und Kontakt mit Anderswelten zu knüpfen, um hier auf der Erde etwas zu verändern. Denn sie spüren den großen Drang, Frieden und Ordnung auf dem Planeten walten zu lassen. Sie besuchen Kraftplätze bewusst oder unbewusst, wo sich Energietore öffnen.

Dort wo sich Wesenheiten aus anderen Planeten, aus einer sehr hohen Dimension, auf unsere Erde bewegen. Sie sind bemüht uns beim Aufstieg in die nächst Höhere Dimension zu unterstützen, damit wir uns weiter entwickeln können.

Diese hoch entwickelten Wesenheiten, sie können uns nicht mehr zusehen wie blind so viele Erdbewohner hier sinnlos, mit Dummheit und Gewalt umherirren.

Sie versuchen die Menschen aus dieser Tretmühle herauszuholen. Doch leider erreichen sie nur einen kleinen Teil der Menschheit, weil der Rest so desinteressiert und engstirnig ist.

In einem Tempel, der buddhistischen Tempelanlage Borobudur auf Java, in Indonesien, landete nun so ein Raumschiff.

Dessen Form ist oval und von einer nebelartigen blaugrauen Aura umgeben. Diese Tempelanlage ist ein enorm großer Kraftplatz hier auf Erden.

Ganz unerwartet und ruhig war dieses Raumschiff plötzlich in diesem Buddha Tempel zu sehen. Viele große, schlanke Menschenartige Gestalten die mit eng anliegenden silbrig leuchtenden Overalls bekleidet waren, tummelten sich aus ihrem Flugobjekt. Sie waren sehr eilig unterwegs und sie hatten enorm viel vor. Sie sind äußerst intelligent und haben die Absicht, hier auf Erden vieles zu verändern und zu erneuern.

Ihr Vorhaben ist es, hohe Technologien zu entwickeln. Nun sind sie hier auf Erden, um ihr erhöhtes Bewusstsein und ihre Ideen fest zu verankern, damit die Menschen die dafür reif sind, dieses Bewusstsein anzapfen können. Es ist ihre Aufgabe, ihr Wissen der Menschheit zu vermitteln.

Diese Wesenheiten die menschliche Gestalt besitzen und von einer blaugrauen Aura umgeben sind, sind hoch intelligent. Sie sind tatkräftig und entschlossen, Heilung und Transformation auf diesen Planeten zu bringen.

Sie sind sehr groß und schlank, umsichtig und wendig in ihrem Geist und wollen uns behilflich sein beim Aufstieg und Umbruch in eine neue Zeit.

Alles wird sich neu entwickeln und allmählich werden sie sich an den verschiedenen Punkten der Erde niederlassen, um ihr Bewusstsein hier auf diesem Planeten zu speichern und zu verankern. Somit wird alles Schritt für Schritt seinen Lauf nehmen.

**Heiliger
Same**

Heiliger Same

Botschaft 12.02.2015

Seit Hunderten von Jahren wartet ein heiliger Same in der Galaxie darauf, auf die Erde gebracht und in ihr verpflanzt zu werden. Er trägt strahlend goldenes Licht in sich und stellt sich bereit, die Erde bei ihrem Aufstieg zu unterstützen und sie heil werden zu lassen. Seit ewigen Zeiten hat er Verbindung zu der Kakulkan-Pyramide in Chiche`n Itza`.

Von Generation zu Generation gab es immer einen Eingeweihten der Mayas.

Entweder eine Hohepriesterin oder einen Hohepriester, der mit dieser Kraft in Kontakt war und dieses heilige Geheimnis wahrte. Diese hoch angesehene Persönlichkeit war beauftragt, dies so lange zu tun, bis die Zeit reif ist dieses Mysterium für die Menschheit zu lüften.

Seit ewigen Zeiten versammelten sich die Stämme der Ureinwohner von Mexiko, Jahr für Jahr auf einem Kraftplatz, mitten im Urwald.

Auf einer großen Lichtung trafen sie zusammen, und in der Mitte des Kraftplatzes wurde das Feuer entzündet.

Sie bemalten ihre Körper mit roter, weißer, gelber und schwarzer Farbe. Alles, echte Naturfarben. Langsam stimmten sie sich ein und begannen zu trommeln und zu tanzen. Sie tanzten so lange bis sie mit Mutter Erde in tiefer Trance verschmolzen, und es ihnen gar nicht mehr bewusst war hier anwesend zu sein. In diesem Trancezustand machten sie ihren Feuertanz und liefen singend über die feurige Glut.

Mit lauten Tönen sangen sie unentwegt - Getscha getscha tschi tschian;
Sie dankten Mutter Erde für die Gaben, die sie ihnen bescherte. Zugleich aber baten sie ihre Götter, ihnen den Heiligen Samen für Mutter Erde zu übergeben.
Worauf die Götter jedoch antworteten: „Es ist die Zeit noch lange nicht gekommen, aber eines Tages, wenn die Zeit reif ist, werden wir dies tun. Ihr werdet dann den Auftrag erhalten, diesen Heiligen Samen in die Erde zu verpflanzen."
Dieser heilige Same, der aus goldenem Licht und einer enormen Strahlkraft besteht, ist nur für Eingeweihte sichtbar.

In tiefer Meditation gesehen:
Jedoch leider wurde es allgemein unter den Menschen nicht besser. Sie wurden immer achtloser, grausamer und ein grauer energetischer Mantel umhüllt die Erde. Somit zog sich der heilige Same wieder in seine Galaxie zurück und bleibt vorläufig in abwartender Haltung. Wie lange weiß man nicht. Die Menschen dieser Erde sind derzeit nicht würdig oder reif, dass man sie begleitend unterstützt und ihnen hilft.
Alles ist beschmutz, mit ekeligen grauen klebrigem Schlamm. Viele schlammfarbige Schlangen wälzen sich am Erdboden umher. Man hat das Gefühl, sie selbst müssten in diesem Dreck ersticken. Kein Fleckchen ist frei, wo man hintreten könnte, ohne sich zu beschmutzen.

Die Hüter dieses heiligen Samens sind zutiefst erschüttert von all dem Geschehen, das sich auf dieser Welt derzeit abspielt. Sie waren schon so nahe daran, diesen heiligen Samen auf die Erde zu bringen und einzupflanzen.

Doch auch dieser Hohepriester, der derzeit unter uns weilt, zog sich vorerst zurück. Es bleibt ihm nichts anderes übrig als weiter zu beten und zu hoffen, dass sich die Erde reinigt.

Erst dann werden ihm die Götter gestatten diesen heiligen Samen, hier auf der Erde zu verpflanzen, damit die Schwingung für immer erhöht wird, und Frieden auf Erden herrscht.

ISBN:978-3-99049-598-8

MÄRCHEN sind eine unerschöpfliche
Quelle der Kreativität aus dem Herzen
und der Seele.
Geschichten vom Geist im Uhrkasten,
der seine Spielchen treibt, von
Zwergen, Feen, einem liebenden
Herzen, Räuber und vieles mehr...